相约名家·冰心奖获奖作家作品精选

高长梅　王培静／主编

美丽之城的特别之旅

徐均生 著

九州出版社 JIUZHOUPRESS ｜全国百佳图书出版单位

图书在版编目（CIP）数据

美丽之城的特别之旅 / 徐均生著. –– 北京：九州出版社，2013.5
（2021.7 重印）

（相约名家·冰心奖获奖作家作品精选 / 高长梅，王培静主编）

ISBN 978-7-5108-2069-4

Ⅰ.①美…　Ⅱ.①徐…　Ⅲ.①小小说 – 小说集 – 中国 –
当代②散文集 – 中国 – 当代　Ⅳ.①I217.2

中国版本图书馆CIP数据核字（2013）第084591号

美丽之城的特别之旅

作　　者	徐均生　著
出版发行	九州出版社
地　　址	北京市西城区阜外大街甲35 号（100037）
发行电话	（010）68992190/3/5/6
网　　址	www.jiuzhoupress.com
电子信箱	jiuzhou@jiuzhoupress.com
印　　刷	北京一鑫印务有限责任公司
开　　本	710 毫米×1000 毫米　16 开
印　　张	10
字　　数	144 千字
版　　次	2013 年 5 月第 1 版
印　　次	2021 年 7 月第 9 次印刷
书　　号	ISBN 978-7-5108-2069-4
定　　价	36.00 元

出版说明

　　冰心是我国现代文学史上著名的作家，她的儿童文学作品和散文在中国文学史上占有重要位置。

　　这里所说的"冰心奖"包括"冰心儿童文学艺术奖"和"冰心散文奖"。

　　"冰心儿童文学艺术奖"创立于1990年。创立以来，它由最初的单一儿童图书奖，发展为包括图书、新作、艺术、作文四个奖项的综合性大奖，旨在鼓励儿童文学作品的创作出版，发现、培养新作者，支持和鼓励儿童艺术普及教育的发展。其中，"冰心儿童文学新作奖"与"宋庆龄儿童文学奖"、"陈伯吹儿童文学奖"、"全国儿童文学奖"并称国内四大儿童文学奖。

　　"冰心散文奖"是一项具有权威的全国性的散文大奖。冰心生前曾是中国散文学会名誉会长，"冰心散文奖"是遵照其生前遗愿而设立的，旨在彰显我国散文创作的成就，不断评选出题材广泛、思想敏锐、着力表现现实生活，创作形式风格多样的优秀散文。"冰心散文奖"是与"茅盾文学奖"、"鲁迅文学奖"并列的我国文学界散文类最高奖项，也是中国目前中国散文单项评奖的最高奖。

　　《相约名家·冰心奖获奖作家作品精选》共收录近年来荣获"冰心儿童文学艺术奖"和"冰心散文奖"的三十位作家的作品。这些作品无论是小说还是散文，或抒写人间大爱，或展现美丽风光，或揭示生活哲理，或写实社会万象，从不同角度给青少年读者以十分有益的启迪。

　　随着中小学课程改革的深入与发展，让中小学生多读书、读好书早已成为共识。我社推出本套大型丛书，希冀为提升中国的基础教育、为青少年的健康成长尽一份力。

九州出版社

目录
C O N T E N T S

第四辑　最近领导有点烦 / 109

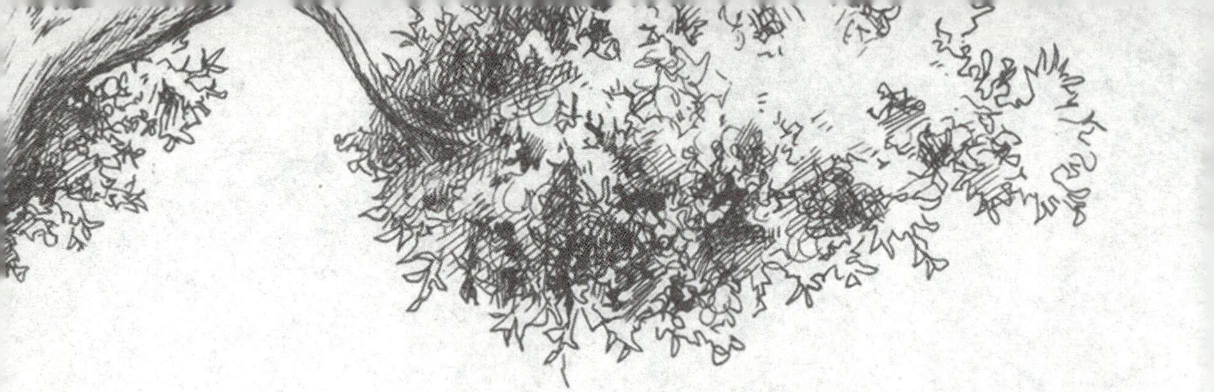

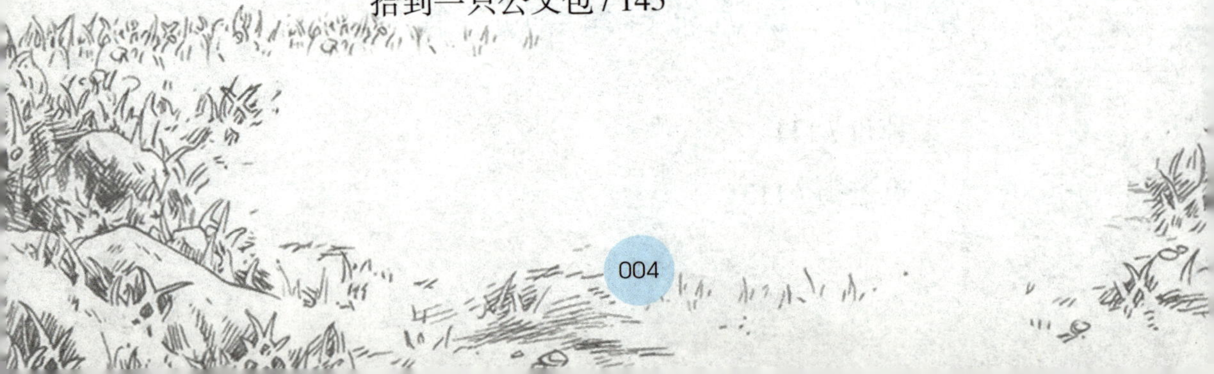

第一辑

最美好的婚礼

最美好的婚礼

夜里12点接到碟子的电话时，棋艺有不祥的预感。

果然，碟子说："我妈快不行了，我想请你做我的爱人，你能来吗？"

棋艺二话没说："好，我现在乘夜车过来。"

第二天中午时分，棋艺就站在碟子母亲的病床前了。

碟子母亲的病危通知是前几天发出的。碟子一直守在母亲的身边。

看上去，碟子的母亲已经很虚弱了，但见到棋艺的一瞬间，眼里发出一道奇特的光芒。

棋艺看到了，碟子也看到了，碟子的哥哥也看到了。

棋艺握住碟子母亲的手，非常真诚地说："伯母，我认识碟子已经两年多，虽然是网上认识的，但我真的很爱她，愿意为她做任何事。如果你不反对的话，让碟子嫁给我好吗？"

碟子母亲看看碟子，又看着棋艺，微微点点头。碟子忙过来和棋艺站在一起。

棋艺含着热泪对碟子母亲叫道："您答应了，妈，我和碟子给您叩头！"

说着，棋艺拉着碟子的手，双双跪倒在地，对着碟子的母亲，一个、两个、三个地叩了响头。

棋艺站起来前，还当着碟子母亲的面，轻轻地吻了一下碟子的面额。

碟子的脸蛋儿腾地红透了。

棋艺情真意切地表示："碟子，你放心，我在妈面前是这么说的，以后也一定会这样做的，我一定会对你好的。"

听这番话时，碟子含羞又幸福，却眼泪直掉。

碟子的哥哥说："我妈患了绝症以来，天天唠叨，说这辈子恐怕看不到碟子结婚的时候了，她就是到了地下也不敢去见我爸。"

棋艺心里也是酸酸的，对碟子说："我们快去照相馆，拍合照。"

刚走出几步，又回过头，对值班医生说："我和碟子的事，您也听到了，我想请您在最快的时间内，搞好我和碟子的婚检健康证明书，行吗？"

医生当即答应。

棋艺就拉着碟子出了医院，来到照相馆，拍了一张快照合影。

在等相片的时候，棋艺让碟子回单位拿结婚证明书，他自己给单位的张朋友打去电话："你现在给我去办一张结婚证明书来，扫描后用电子邮件形式发到我的信箱里，就是新浪的那个邮箱，一小时内一定要办好，谢谢你！"

办理好这些时，相片也洗出来了，虽然是这样急的情况下拍的，不过和碟子相亲相爱的感觉倒真的拍出来了。

棋艺再次来到医院时，健康证明已经办好，碟子也已经到了。

棋艺和碟子便又来到民政部门结婚登记处，一一如数地交上所有的材料。

工作人员问棋艺："你的结婚证明书呢？没有，可不能结婚，我们不能证明你有没有结过婚。"

棋艺用手掌拍了一下自己的额头，"看我的记性，差点忘了。"说着就问工作人员，"请问你这电脑可以上网吗？"

得到肯定回答后，棋艺上网进了新浪邮箱，打开了信箱，果然有了结婚证明书，于是用打印机打了一份出来。

工作人员查看了开证明的日期，然后打电话到棋艺单位核实，然后笑笑说："还真没有遇到过你这样子的人，好，我这就给你们办。"

当两本盖有红色印章和钢印的结婚证摆在碟子和棋艺面前时，碟子哭了。

棋艺搂住碟子含着泪道："妈还在等我们哩。"

说着，棋艺从包里取出一大包喜糖，递给工作人员："谢谢你！"

棋艺和碟子来到医院时，病房里摆满了鲜花，还点上了红灯笼，还有一个大红双喜字，贴在墙上。而碟子的母亲也穿上了玫瑰红棉袄，半躺在病床上。

碟子的嫂嫂已经替棋艺和碟子买来了新衣服，棋艺和碟子双双换上了新装。棋艺和碟子再次跪倒在碟子母亲的面前，开始了这个特别的婚礼……

也就是那一晚的黎明来临时，碟子的母亲微笑着走了。

就这样，碟子和棋艺成了真正的夫妻。

碟子后来很幸福地问棋艺："如果不是我母亲的缘故，我们能成为夫妻吗？"

棋艺很认真地回答："如果我和你没有感情，你会让我帮你这个忙吗？"

棋艺思忖着说："这就是我和你的婚姻定数，而以何种形式出现，不是你我可以决定的。"

挑男友

姨妈和舅妈都要给我介绍一位男朋友。

姨妈介绍的叫江东，是机关公务员；舅妈介绍的叫陈列，是中学老师。

我谁也不敢得罪，听了各自的介绍后，就呵呵笑笑，说："两人一起见。"

姨妈愕然，舅妈愕然。

我说："让他们告诉我QQ号，我在网上跟他们说。"

姨妈欣喜，舅妈欣喜。

我加了江东好友的同时，也加了陈列为好友。为了公平，姨妈和舅妈陪在我左右，实施全程监督。

我打开了视频聊天系统，真诚地对他们说："你们都准备好了吗？我问你们三个问题，谁回答得符合本姑娘的心，本姑娘就跟谁正式见面，你们说这好不好？"

他们都发来一个胜利的表情图案。

我的第一问题是：你为什么喜欢我？

只一会儿功夫，江东就回答了："姨妈说你心地善良，才华横溢，还有你长得又漂亮，所以我喜欢你！"

我呵呵地笑了，然后说："谢谢你实话实说。"

姨妈说："不错吧。"我点点头。舅妈呵呵笑笑却不语。

这时候，那个陈列回复过来了，他说："我没有说过喜欢你。"

我睁大眼睛，一惊："你，你再说一遍？"

陈列再说了一遍："我没有说过喜欢你。"

我有点气急了，忙打去一句话："难道我不值得你喜欢吗？"

你道陈列是怎么回答的？他说："我只在视频里看你一眼让我说喜欢你这可能吗？"

晕倒！

我打出了第二个问题：你为什么不喜欢我？

同样，也是江东的回答先来了，江东说："我不是不喜欢你，而是因为你太优秀了，所以我不敢喜欢你！当然，如果你看得上我的话，我当然一百个愿意！"

看了这话，我心里真的很舒服，女孩子总喜欢听男孩子的好听的话，不喜欢听的女孩是傻瓜！

我有些飘飘然地回复他说："谢谢你是这样的原因喜欢我，其实，我是个普通的女孩！"

江东很快回复过来一句话："不，你在我心里是非常优秀非常出众非常善良的世界独一无二的好女孩！"

呵呵，真的是动听啊！我的脸都红了。

就在这时候，那个陈列的回答姗姗来迟了："因为没有深入地了解过你，只凭在视频上看你一眼，我怎么可能喜欢你呢？不喜欢，真的不喜欢！"

我气得发抖，关了视频，还对陪在我身边的舅妈叫嚷："舅妈，舅妈，你，你怎么介绍这种人给我认识啊？"

"是啊，一点教养都没有。"姨妈也跟着附和。

舅妈却呵呵笑笑，还是一句话都没有。

我在QQ上打出了最后一个问题：你真的会喜欢我吗？

信息刚发出几秒钟，江东的信息就来了，"当然，我发誓：一辈子都只喜欢你一个人！"

这句话的下面是一束艳红的玫瑰花，花瓣上还有晶莹欲滴的露珠呢！

这时候，姨妈高兴地说："太好了，太好了，他对你真好啊！"

我有些羞赧地轻轻说："我知道，姨妈。"

舅妈却说话了，舅妈说："喂，别得意啊，陈列的信息来了。"

我有些不情愿地点开了陈列的头像，陈列的回答是这样的："我不知道！"

我当时气得发晕，当即删除了陈列的头像，把他从我的好友名单中删除。

姨妈站起来说："我这就让江东过来见你。"

我没有回答，姨妈在打电话了。

我听到姨妈已经接通了电话："喂，是江东吗？我是……"

姨妈还没有讲完，我一把夺过姨妈的手机，说："对不起。江东，谢谢你!"

姨妈大惊："你，你，你这是做什么？"

我没有答理姨妈，对舅妈说："我想见一见陈列。"

姨妈大声地责问我："为什么？这是为什么？你说!"

我说了，我说："陈列的话才是真的！"

说完，我的眼眶溢满了泪水。

水水

水水是谁？水水是我的女朋友。

水水说，我做了你的女朋友，你得谢谢我！

谢谢你？你搞错没有？如果真要这样说，我让我做了你的男朋友，你应该谢谢我！没有我，你哪来的男朋友？！

就是啊，我怎么没有想到呢？水水说，那我谢谢你！

水水经常跟我斗嘴，当然，都是没有目的的，也是漫不经心的。这让我更加喜欢水水，觉得水水清澈得如同一杯山泉。

水水还有一个最大的特点，就是到了街上，必定掏钱给讨钱的老人和小孩。

我有时会说，水水，这些人很有可能是假要钱的，他们的钱说不定比我们还多呢。

这我知道，可是，如果其中有一个人是真的呢？

我无言以对。

水水说，今天不送了，没钱了。水水已经把特意兑换来的零钱都送光了。如果遇到一个真的需要帮助的人，你怎么办？我故意激将水水。

水水断然地说，那也不管了，我的能力有限，只能这样。

水水的话真是可爱可亲，她还知道自己的能力。

那天晚上，水水问我，你真的爱我吗？

我点点头，嘴里还响亮地回答，当然！

水水说，我也是！

我的心忽然一沉，我连忙问，水水，你怎么怎么啦？你问这话做什么？

水水非常伤感地说，我想离开你。

我惊呆了，为什么？为什么？你为什么要这样？啊，你说你说啊！我大声叫起来。

水水在流泪，水水在哭泣，水水没有说话。

水水，你别这样想好不好？我们是相爱的，是相爱的为什么要离开呢？我们说好要生生世世在一起的……

我盯着水水，不停地说着话。

水水打断了我，说，为了一个人，我必须离开你！

我愤怒了，我怒不可遏地抽了水水一记耳光，你，你是骗子！

我冲出了我和水水的爱屋。

我泪流满面，我痛不欲生，我满腔仇恨！

就这样，水水离我而去了，我和水水精心打造的爱屋，只剩下孤单单的我一人。

水水，你回来吧，水水，你回来啊，水水，我爱你！水水……

水水回来了，真的回来了。

那是半年以后，水水果真回到了我们的爱屋。

水水，是你吗？真的是你吗？你回来了，回来了就好！水水，水水，我的水水……

我把水水拥抱在怀里，我喃喃地说话。

水水的眼泪不停地流，水水抱紧了我，水水说话了。我回来了，我真的回来了，你不会赶我走吧，我哪里都不去了，今生今世，我都要跟你在一起……

我和水水就在一起了，水水里有我，我中有水水，水水是我的灵魂，是我的生命。我醒来的时候，不见了水水。水水给我留话了——

我必须告诉你一件事，这半年里我结婚了，跟一个很喜欢我的人，他临死前一定要跟我结婚，他父母亲都跪倒在我的面前，我答应了……现在我回来了，你还会真心认为我是原来的水水吗？

水水，水水，你，你，水水……

我心堵得好慌好慌，我说不出话。

水水，我走了，这里曾经是我们的爱屋，曾经给我留下了很多很多美好的记忆，现在我把它让给你了，我走了，请你别来找我！

我走了，可我没有走远，躲在不远处，看着水水回来，看着水水在流泪，在痛哭。

我的心也在哭啊，水水，我是真心爱你的，可我接受不了这个事实啊！

水水，水水，我的水水……

半年后，我回到了爱屋，水水非常惊喜，水水的眼睛里全是泪水。

水水，水水，我回来了，我真的回来了，我想通了。

水水没有答话，水水提了一只包儿，看也不看我一眼走了。

水水走了，孤单单的身影，在路灯光下越拉越长……

相见的日子

今天是和他相见的日子。

阿珍早早地画好了眉梳好了装，特意穿上了一套白色又有细花的连衣裙。他说过喜欢她能穿着这样的衣裙相见。

为了谨慎起见，妹妹说一定要陪她去。

阿珍想想后说："行啊！"

这不，妹妹已经在催促她了。

"姐，你快点啊，别让人家等得太久了。"

阿珍笑笑说："我知道我知道的。"

他是在网上认识的。那是一年前，阿珍由于坚守财经制度，没有按领导的意图报销那些乌七八糟的发票，而被迫下岗在家。阿珍在经过短时的消沉后，很快地从下岗的阴影中走了出来。阿珍不顾丈夫的反对，来到妹妹工作的城市，开办了一家电脑公司。

为办好这家公司，阿珍付出了全部的心血，也经过一年的努力，终于站稳了脚跟，公司的营业额和信誉在不断地上升。在这艰苦创业的过程中，让她感到最欣慰的是在网上认识了他。

每当夜深人静时，在OICQ聊天室里，阿珍就把一天来的苦恼通通地倾诉出来，而他总是像知心朋友一样，很耐心地听她说，还时不时地指点她一番。这样经过半年多的网上交流，阿珍感到越来越离不开他了。上网时，只要他在，她就感到充实，感到精神和情感上的愉悦。也终于有一天，阿珍向他说出了爱上他的话。他说他也是，如果有一天晚上在网上看不见她，他心里就感到酸酸的难受，而且闷得慌。

然而，阿珍知道他们夫妻感情很好，还有一个很天真可爱的女儿。而自己尽管和丈夫现在已经没有多少感情可言了，但为了儿子，她是绝对不会和丈夫分手的。于是，他们约定如果半年后，还能保持这样的感情，他们就相见。当然谁也不允许勉强对方。事实是这半年中阿珍对他的感情更强烈了，甚至于有了和丈夫离婚的想法。

他们决定见上一面。

他们约定相见的地方是火车站前的花坛边。这地方容易找人，而且又不会引起旁人的猜疑。因为他住在离她一百公里外的地方。他是乘火车来的。讲好下午两点在花坛边等。由于彼此没有看过相片，不知道对方长得怎样，于是决定各人手里拿一本《读者》杂志。

阿珍为了表示对他的爱，就从花店里买来一束红玫瑰，那是九朵鲜艳又美丽的花蕾，如同她此时的心——爱他爱到长长久久。

当然，阿珍和他在网上也曾经讨论过他们感情的归宿问题。他说真的很想很想和她在一起生活，但目前真的不可能和妻子离婚。阿珍说她知道她理解，她也是这样想的。阿珍和他便试着说能否有第二种可能，他说有是有，就是怕她反对。阿珍就鼓励让他说，于是他说那就做个情人吧。阿珍当即同意了，说这也是她想对他说的话。

相见的时间到了，阿珍捧着玫瑰花快步地向前走去，她已经远远地看到有一位男子在花坛边徘徊着，她想肯定是他！

阿珍现在的心真的是快要跳出来了，要知道他是她一年来渴望想见又有感情牵挂的男人。阿珍的心是那样的渴望那样的想融进他的怀里，诉说这一年来的相思之苦。

这时，从阿珍的身边走过一对白发苍苍的老人，他们手牵着手，有说有笑，很幸福地走着。阿珍的脑海里忽然响起了苏芮唱的那首《牵手》的歌。阿珍仿佛感觉到了这对幸福的老人，不正是三十年后他和他的妻吗？

就在离花坛只有一百米的地方，阿珍停步不动了。

阿珍的妹妹快步地过来，问她："姐，你怎么了？快过去啊！"

她却果断地说："我不过去了，你帮我去吧。"

说着，阿珍把花和杂志交给妹妹。妹妹用疑虑的目光对着她。

阿珍又说："你就对他说，爱着也是一种美丽。"

妹妹顿时明白了姐姐的用意，便点了点头，大步地往花坛走去。

阿珍目送着妹妹的背影，眼泪默默地淌了下来。她感到心里如刀绞般的痛，她知道今生今世再也不可能和他在一起了！

"我真的好爱好爱你啊！"

阿珍心痛得蹲在了地上，抹着眼泪……

当妹妹见了他回来已经站在她的跟前时，阿珍还不知道。

"他怎么说他怎么说？你快说呀！"

阿珍一见妹妹就立即跳了起来，就这样急切地追问道。

妹妹没有说话，把手里的花递给她。

阿珍接过花后又忙问："是不是他不要我送的花？他一定生我气了吧！"

妹妹这才说道："我见到的不是他，是他的弟弟。"

阿珍一听这话觉得更不对劲了，"他怎么不来呢？他怎么不来啊？他一定生我气了，都是我不好都是我不好！"

妹妹说："他来了，这花是他送你的。他让他弟弟来见你并转告你，认识你真好！只要能爱着也是美丽啊！"

阿珍幸福地笑了，笑得眼泪都出来了，她把整个脸孔埋进花丛中，不停地闻着，而后又哭了，哭得泪流满面……

别让心永远冻着

请打开心窗，别让你的心永远冻着。

这句话是蓝芯失恋时，那位叫山大王的网友发给她的短信。蓝芯当时很感动。

山大王总是那样的关心她，说一些让她开心的事，甚至说他自己小时偷看女同学上厕所，还被老师罚站了好多次呢。蓝芯想一个大男人能这样地对她说话，说明这个男人一定是很诚实可信的。蓝芯慢慢地忘记了失恋的痛苦。

山大王的相片发过来时，蓝芯有点喜欢上他了。山大王是那样的英俊潇洒，他的眼睛就像她高中里喜欢的一位老师，特别是那嘴唇，薄薄的，让她仿佛能感觉他的吻一定会很甜蜜很温柔的。

很自然蓝芯也回发了自己的相片，她非常自信自己的美丽。果然不出所料，山大王说了一大堆奉承她的话，她表面上显得很平静，但内心是很得意扬扬的。

蓝芯变得喜欢上网了，只要一有空就钻进自己的电脑里，有时山大王不在，她就会等着，有时一等就是一个晚上，山大王还是没有出现，这样会让她整整一个晚上失魂落魄，睡不去，困不着，让她在担忧中进入梦乡。

山大王得知蓝芯晚上等他了，就会很感激地说"谢谢"，有时还会发一束百合花过来。这一晚，蓝芯就会美美地睡在床上想山大王了。虽然山大王从来没有对她说过一句爱意的话，但蓝芯觉得山大王的每一句话每一个词里，都有一个"爱"字，都有一个"情"字，让蓝芯感受到了爱的滋润，爱的甜蜜。

　　爱情与时间很多时候是同步的，蓝芯开始向往山大王那温柔的怀抱了。但山大王就是不说那个字。蓝芯有时也想过，这山大王是不是有了妻儿老小，但又想想这不可能啊。如果他有妻子儿女了，怎么可能会有这么多的时间上网？记得她刚被男友无情地抛弃时，山大王有好多个晚上陪着她聊到天明。

　　蓝芯的自尊心又不允许她主动示爱，于是，她想了一个办法，用一个男孩名和山大王聊天，当聊到双方都有一定的友情时，她提出想看看山大王，山大王竟然很痛快地答应了。

　　蓝芯见到山大王时快10点钟了。那时刚好是初冬时节，天有些冷了，太阳暖暖的。蓝芯穿了一件米色的风衣，脸上也做了淡淡的修饰，看看镜子里的自己，觉得很有气质，也很有风度，当然也很美丽。

　　离山大王约定的地点很近了。山大王说，他不能离开家很远的，让她在他家门口的花坛里见吧。她说好的。

　　蓝芯想这样更好，我就知道你家在哪里了。

　　有一阵淡淡的清香飘来，蓝芯望了望四周，原来花坛里那几棵月桂，又盛开着淡黄色的花朵了，她使劲吸了吸，觉得一股清香进入她的体内，让她顿时清爽又精神了许多。

　　终于看到山大王了，和相片上一模一样，一个堂堂正正的男子汉。蓝芯的心都要跳出来了，她想过，如果山大王问起来，见面的怎么会是她，她就甜甜地笑着，不说一句话，她相信山大王一定会理解她，不会怪她的，谁要他是山大王呢。

　　然而，蓝芯停步不动了，她看清了山大王反身回去后，推出了一张轮椅。椅子上坐着一个女人，山大王不时地低头说着什么。女人笑眯眯的，又不时抬头望望山大王，还用手去摸山大王的脸孔，不时地说上一句什么话……

好一幅恩爱又幸福的夫妻图啊！

蓝芯退了几步，就这样远远地看着，她不知道如何是好。

回到家，蓝芯反复想着刚才问一位老妈妈的话，当时她指了指山大王故意地问，他们这对夫妻真幸福啊。老妈妈却告诉她，他们不是夫妻，那女的出车祸断了腿，那男的是义工，经常来照顾她，后来说要娶她，但女的不答应；就这样过了好几年了，还是这样子。嗨，真是天下少有的好男人！老妈妈说着就摇着头离开了。

蓝芯那晚怎么也睡不去，想着山大王，想着那被山大王宠着爱着的女人，想到凌晨四点时，索性开了电脑，在QQ里给山大王留了一条短信——

请打开心窗吧，别让你的心永远冻着！

世上最美是心地

阿键再过半个月就要结婚了，白天阿华帮他去买灯具，晚上在大排档一起喝啤酒吹大牛。阿键说起他的老婆阿英不无得意地说："我的阿英是我们这些朋友中最漂亮的一个，怎么样，你有没有本事也找个比她漂亮的给我看看。"

说实话阿英真的是长得很美，皮肤白嫩，个子高挑，眼睛大大亮亮的，但听阿键这么一说，阿华心里却是酸溜溜的，便冷嘲热讽地道："谁知道她的心地有没有外貌那么美？"

阿键一听这话，就气呼呼叫嚷道："你怎么这样说我的阿英？阿英是世上心地最美最美的女孩！"

"哇塞！你别自鸣得意了，你又没有考验过她，你怎么知道她心地也美？"阿华酸溜溜地挖苦道。

阿键的脸红了，猛地喝下一大杯啤酒，盯着阿华的眼睛，很认真又严肃地说："好！我一定要做个试验给你看看，来证明阿英是世上最美的女孩！"

阿华也不示弱，随即激将他："好啊，你有本事就去医院开化验单，说你得了艾滋病，看你的阿英能爱你几分。"

"开就开，有什么了不起的，阿英知道我不会乱搞的。"阿键很自信地说。

阿华发誓道："如果阿英心地真的有那么美，我甘愿当众爬给你看！"

"OK！"阿键和阿华就来了个手指拉钩，绝不反悔。

第二天，阿键让阿华陪着来到医院，阿华便去找了他妹妹的同学，说明来意后，妹妹的同学不同意，经不住他们一片苦苦哀求，妹妹的同学终于答应了，但只能开一张和正式化验单不一样的，不过阿英不懂医学，是不会看出破绽来的。

当天晚上，阿键见阿英时便装成一张哭丧的脸，阿英非常关切地问："阿键，你怎么啦？你哪不舒服了？你看医生没有？"

阿键的手颤抖着，从内衣袋里掏出了这张化验单，阿英接过来后，当她的目光与"HIV（艾滋病病毒）"的字样相碰撞时，她的双眼发直发硬了，整个人慢慢地倒了下去，阿键忙呼喊着："阿英，阿英，你醒醒啊！阿英，你醒醒……"

阿英醒来后见自己躺在阿键的怀里，很心痛地看着阿键："阿键，这是真的吗？"

阿键假装痛苦地点点头，阿英便猛然地起身，抓着化验单就跑出了门。阿键望着阿英的背影很想说"阿英，阿英，你听我说啊，我是考验你哩……"的话，但他终究没有说出口，他不能这样说啊，他要让阿华明白，阿英是多么地爱他。阿键相信过不了两天，阿英一定会找他的。

这两天当中，阿键让阿华帮他装灯，装好灯就喝酒，阿键便给阿华讲了阿英看化验单的经过，还不无得意扬扬地说阿英中午来电话了，晚上有话要对他说，在电话里还"啵"地亲了他一口。阿英真的是最美的女孩，阿华向阿键表示祝贺。阿华也终于明白了真正的爱是什么，那就是无论对方发生了什么事，都能始终不渝地爱着！

再见阿键是在第二天的午后，阿键整个人好像经历了一场生死一样，没有一点生气，头发全花白了。阿华忙上前搀扶住阿键："阿键，你怎么啦？阿键，你怎么啦？"

阿键见是阿华后眼睛里顿时放射出仇恨的怒火，他猛地抬起右手，就"啪啪"地给了阿华两记耳光，打得阿华眼泪都掉下来了，阿华忙用手捂住被阿键打痛打红的脸，嘴里大声地责怪他："阿键，你疯了，你打我做什么？你神经啦！"

正当阿华也要抢起右手以牙还牙时，阿键将一封信掷进了阿华的怀里，"你看看吧，我真后悔交你这样的朋友！"说着，就痛心欲绝地叫着："阿英，是我错了，是我骗你的啊！你回来吧，阿英，你回来吧……"

阿华面对这一切真的发傻了，信上白纸黑字这样写着：

阿键：

我怎么也不敢相信我爱的阿键会得艾滋病，真的，我怎么也不信，前天晚上我哭了整整一夜，我真的好爱你啊！阿键，我不怪你，我知道得这种病是做那种不干净的事引起的，但你不会做那种事的，你得病一定有其他原因的。

阿键，我实在是太爱你了，我真的不忍心看着你痛苦绝望地慢慢离开我，真的，那样我真的会受不了的……当你看到这封信时，我已经南下了，请你不要找我，我去的地方谁都不知道。阿键，我的爱人，永别了，你在我心里永远是最英俊最潇洒的好爱人……

阿华当着众人的面爬给阿键看了，但阿键根本没有看阿华一眼，他嘴里仍不停地呼喊着："阿英，我错了，你回来，你回来吧……"

情人节的礼物

情人节那天晚上，男生好不容易等到了去烂柯山最后的18路班车，好不容易抢到了最后一个靠窗的座位，男生非常小心地护着手里提着的玩具，那是一只可爱的汪汪狗，蹲在一根铁丝圈底部上，可爱，又顽皮，好讨人喜欢。铁丝圈的顶部用棉线系在一根小木条上，拿在手里，这只汪汪狗就会动，栩栩如生。

男生坐定后，一手提着这只可爱的汪汪狗，一手从口袋里掏出手机，就开始按键，不多时，短信写好了："慧慧，你猜猜看，我送给你什么了？"

男生见手机屏幕上出现"发送成功"的字样后，嘴角儿露出一丝调皮的微笑。男生低头看着汪汪狗，就用嘴对着汪汪狗轻轻地吹了吹，汪汪狗就晃动了一下，他忙收短了一些木条上的棉线，不让它多动，免得晃动得过分厉害，汪汪狗会从铁丝上掉下来。

这时候，男生的手机响起了"友谊天长地久"的音乐，短信来了，男生一喜，忙收看短信，只见屏幕上是这样一行字："玫瑰花，还有巧克力，对吧？反正只要是你送我的东西，不管是什么，我都喜欢！"

男生一个字一个字往下看，脸上的表情丰富又甜蜜。男生又开始写短信，男生看一眼汪汪狗，写一个字，男生的短信是："不是，你猜你再猜猜嘛！"

男生很仔细地看了一遍短信后，就发送了。信息发送后男生无声地笑了。

车子在不停地往前行驶着，那窗外是大型企业生产区彻夜不明的灯火，却是如此辉煌，如此绚丽！男生的目光又回到眼前这只汪汪狗身上，再次把它往怀里靠了靠，担心车子的晃动，会把它震坏。

男生的举动感染了坐在他身边的男士，这位男士问他："是送给女朋友的吧？"男生脸有些红了，但还是点了点头。这位男士由衷地说："你这份心让女朋友知道了，她一定会感动的！"

男生很想说声"谢谢"时，手机却响了。男生忙收看短信，屏幕上出现了一个很美丽的图案：一支含苞欲放的玫瑰花！

男生的眼睛顿时湿润了，男生忙激动地打出了：I Love you！

男生发送信息的手指在颤抖，只好先擦拭了一下眼角，再把信息发送出去，男生的鼻子有些酸，男生看着这只汪汪狗，眼眶里被泪水占满了。

这时候，车子猛然地震动了一下，又来了一个急刹车，男生见前排座位上的小女孩随惯性要掉下来了，便没有多想把汪汪狗一丢，就起身双手扶住了小女孩。

小女孩感激地对男生说："谢谢！谢谢叔叔！"

男生却忽然想起了什么，忙四下寻找，当在座位底下发现汪汪狗时，男生的眼睛湿了。男生拾起与铁丝分离的汪汪狗，难受得不知如何是好了。要知道这只汪汪狗是男生特意从杭州带回来给女朋友慧慧的，可是现在……

男生捧着汪汪狗，低着头，在流泪，忽然有只小手在抚摸着他的头发，有个声音在说："叔叔，叔叔，对不起！我明天去买来赔给你好吗？"

男生抬头看着小女孩，很感动，含着泪说："谢谢你！叔叔自己会去买的。"

男生让小女孩回到座位上去。小女孩显得很听话。

男生心里真的很难受，低着头，眼泪汪汪的。男生忽然感觉自己捧汪汪狗的手好像被人扶捧住了，是一双好温柔好温暖的手！男生忙抬头，只见一位美丽的女生正蹲在眼前含情脉脉地看着他哩……

"慧慧，你，你怎么也在车上？"

慧慧没有回答，从男生手里接过汪汪狗，羞涩又幸福地说："我好喜欢好喜欢哦！"男生拥着慧慧幸福地笑了。

婚前协议

志明的哥们儿说，再过三天你就要结婚了，你得给她定个规矩，否则以后有你苦受的。志明想想有理，于是哥们儿给他总结了三条制妻妙计。

月茹的姐们儿也说，三天后你就要做新娘了，你不给他一个框框，以后你就不好管他了。月茹想想对啊，我怎么没有想到呢，于是听姐们儿说驯夫高招。

晚上两人在一起，月茹问："志明，三天后我们要成夫妻了，为了我们的婚姻生活像恋爱时一样幸福快乐，你说是不是应该订个婚后协议什么的，你说好不好？"月茹心里却在想，我这样一问，志明肯定会答应的。

果然不出所料，志明说："好啊，我也是这么想的，没有规矩不成方圆嘛，以后我们就按这个协议精神办。"志明心里在大喜，等会看我的了，让你以后什么都听我的。

月茹心里也是暗暗高兴，本来想立即说出她想好了的协议，但一想这样面对面说出来，总有些尴尬吧。于是说："志明，这样吧，我们把想要说的话都发短信好了，写好后同时发出，免得不公平。"

志明说："好啊，举双手赞成。"

于是，两人拿出手机，月茹在客厅写信息，志明去书房，各自把要写的话写上去，半小时后，志明写好了，来到客厅问月茹："你写好没有？"

月茹笑眯眯地说："写好了。"

志明说："那好，我们同时发送，来，一、二、三，发。"

月茹的手机和志明的手机同时响起了"嘟"的声音。

当他们迫不及待地打开看时，脸上的表情渐渐地在变化，先是青了，再是红了，最后比哭还难看了，信息的内容竟几乎一样：一是家里的大事我做主，小事你也得请示汇报；二是钱得由我来管，你用钱得经过我同意；三是你父母家的事，别来烦我！

月茹看着志明不说话，志明看着月茹也是不作声。

月茹忽然捂着脸跑进了卧室，把门一关，志明也是默默来到书房里，看看书架上的书，想取一本下来，手抬起来又放下。

志明心里真的感慨万千，想想和月茹从相识到相知到相爱，都是那么的美好那么的深情，可是，可是，爱情已经醉得不得不发誓生生死死要在一起共同走完人生之路时，竟然是这样对月茹的。

志明想到这里真的是好恨自己，我怎么会这样子做，对得起我说过无数遍的"我爱你"这句话吗？对得起我一生一世都要爱她都要保护她的誓言吗？不，我不能这样子做的，我一定不能这样子的。

尽管月茹的想法让我也伤心，但月茹是女的，我是大男人大丈夫啊，我应该让着她点，只要她开心，这也是我最大的幸福快乐嘛。

志明想到这里，忙打开手机，写下了新的婚后协议，当他确认无误时，便很轻松按了按键，信息就发送成功了，但此时他的手机也"嘟"地响一声，信息来了，他打开一看是月茹发来的——

婚后协议：大事商量办，小事自做主；大钱共管理，小钱自由花；谁家父母事，都要尽孝心；协议共三条，同意请签字。

志明顿时好感动，嘴里说着"我签我签字"，已快步来到客厅，见月茹从卧室里出来，眼睛红红的，志明什么话都没有说，就把月茹紧紧地拥在怀里……

过去了的恋人

真如许多小说中描写的那样，我也很意外地见到了10年前的恋人。那是在全市一年一度的医药供货会议上。看上去她还是那么年轻那么美，特别是那双被我称之为"猫眼"的眼睛，依然是几分忧郁，几分灵气。

　　"你？""你？"

　　"嗨！""嗨！"

　　我和她都同时说了这两个字后，就紧紧地抓住了对方的手，目光里都有了那份情思。显然，她也很激动，很意外。

　　"你想想，我们有几年没见了？"

　　我耸耸肩不以为然地回答："不就是10年嘛。"

　　"你说得倒轻松。"她生气地瞪了我一眼，"10年？那可是人生最美好的时光啊。"

　　她又像10年前那样来理我额头上的头发："你看看，又添皱纹了不是，头发也没以前乌黑发亮了。"

　　她仍是个多情的公主，我眼睛里顿时就有种东西在滚动，只好咬咬嘴唇，说："哪像你呀还是那么年轻漂亮，又那么有风度，不，比10年前有韵味，更讨人欢喜了。"我说的是真心话。

　　她连看都不看我一眼，低头轻语："你10年前会这样说话就好喽，那时，我在你心目中有几分？"她抬起头来羞赧地望着我说："3分吧。"

　　"不是的。"我马上否认。

　　"你骗谁？"她突然气呼呼地冲着我叫道，"如果你那时心里有10分的我，你还会舍得放弃我？"

　　我好委屈，那整整埋藏在心里10年的话，也终于有喷发出来的机会了："徐筱，你错啦，如果那时不是你父母亲苦苦哀求，我是绝对不会离开你的！"

　　"什么？你说什么……"她吃惊得眼睛睁得大大的，也仿佛喘不过气来。

　　"难道真是这样吗？"她自语道，目光里有一丝无法言语的怨恨。

　　我见她这样心里也很不是滋味，便宽慰她说："其实，这些都已经过去了，我们都不必再去追究谁是谁非，何况，我和你也都已经成婚，你说对不对？"

"不对！"她声嘶力竭地叫道，"你知道吗？自从我们分手后，我一年后就结婚了，我想反正这辈子不可能再有爱情了，嫁给谁都是一样的。"

她的眼泪在吧嗒、吧嗒地往下掉，我既感动又心疼，便静静地听她往下说。

"我和他不是早上争吵，就是晚上摔东西，这样的日子，我真是厌倦透了。"

"那你……你完全可以走出来的嘛。"我很冲动地说出了这句心里话。

她摇摇头，抹着泪不说话了。

我也不知道说什么才好了，就婚姻来说，好在我是幸福的，否则，听了她这番话，我肯定会上前去拥住她的。

好久，她终于抹完了眼泪，便很感慨地说："这是命，是很难阻挡得了的。"

我很想再劝她几句，但想想还是算了，要知道，有些话是不好说的。

忽然，她笑笑说："好啦，好了啦，不去说过去的事了。"并关心地问我："怎么样，全年的合同订了没有？"

"没有。"

说到这我又忽地想起了什么："喂，你不在报社编稿，跑这里来干什么？"我记得和她分手后，她就调报社了，专编文学稿。

她递给我一张名片，这才知道她现在是市新特药经营部的业务主管，我来了兴趣。"这不是很好嘛，我跟院长去通个电话，如果同意，我们全年的药品就全靠你了。"

"我真求之不得呢。"她很高兴地说。

余下的两天时间，她不是陪我游公园，就是给我当参谋逛商店，帮我选衣服。她还很友好地邀我去跳舞看电影。总而言之，我和她都玩得很开心。当然，我也特意地把院长请来，和她的经营部谈妥并签订了全年100万元的药品供货合同。

回来的路上，我开心极了，想想此行真不错，既见到了旧恋人，又帮了她的忙，于是就在车上得意地哼起了小调，哼得坐在身边的院长对我直瞪眼。

晚上，我如实地给妻讲了一遍，妻却笑笑对我说："你呀，心地太善良了。"

我忙辩解道："这有什么善良不善良的，反正货是订的，能帮帮朋友也是应该的。"我心里却暗暗地说："你这是在吃醋。"

妻却说："你真是个书呆子。看来，你还蒙在鼓里，告诉你吧，她呀一是仍在报社工作，二是她现在幸福得很。据我了解，她丈夫是个标准的模范丈夫，根本不是你所说的那样。"

我傻眼了，"难道她在骗我？为了拿中间劳务费，她不惜以糟践自己的婚姻，以博得我的同情？不，这不可能，这不可能……"

几天后，妻的话果然得到了证实。

好上

正想着心事时，小张突然问我："在想小丽了吧？"

我脸腾地红了，嘴里道："想她又怎么样？"

不知怎的，只见了小丽一面，竟然喜欢上了她。小丽从医院药房辞职出来，新开了一家药店。我是上个星期例行检查药店时认识她的。

小张嘻嘻地笑笑说："去见她呗！"

我有些无奈地叹息道："没有理由见她啊！"

小张给我出了一计："去检查她的药店，最好是检查出一点问题，这样她肯定会来求你，这不就可以假公济私了？"

对啊，这主意真的不错。现在的药店，多多少少存在着一些问题。

可我又有些担心，"这样做不妥吧？"

"领导不是早说过了，让我们有事没事多去药店转转，这是保证老百姓用药安全的需要嘛！"小张替我开脱道。

我想想也有道理，便点头同意了。

于是，小张请示领导："我们想去街上突访一下。"

领导满口说好。

到了小丽药店时，她正卖药给顾客。

小张和我同时亮出了药品检查证。小张表情严肃很认真地说："我们是县药品监督管理局的，现在要对你药店的药品进行检查，请你配合。"

小丽连忙点头，还说欢迎我们来检查。

我和小张对柜台上所有的药品进行一一检查，一遍检查下来后，没有发现问题。

小张悄悄地对我说："再检查一遍吧。"

我点头同意，但心里有些慌乱，怕露出破绽来。

结果再检查一遍下来，还是没有发现问题，药品质量与进货登记都符合国家要求。

这时小丽开口说话了，"你们已经检查了两遍，如果没有问题的话，我要做生意了。"

我和小张没有办法，只好作罢。刚走出药店，正好被电视台的记者拍了个正着。

记者问我们："请问你们是来突击检查的吗？"

我有些心虚不好说，倒是小张连忙回答："是的。"

记者问："检查结果如何？"

小张回答："没有发现任何问题。"

记者把镜头推向药店，问小丽："请问你害怕他们来检查吗？"

小丽不假思索地说："害怕。"

记者："是害怕有不合格的药品被检查出来吗？"

小丽回答："不是。"

记者："那是为什么？"

小丽有些不满地解释说："害怕影响做生意，比如刚才他们检查了近两小时，有好多顾客都不敢来买药了。"

记者："你是说他们扰民？"

"我可没有这样说。"小丽当即否定道。

当记者镜头再次对准我们时，小张连忙拉住我的手，落荒而逃。

夜里的电视新闻便有了上述的内容，还配发了编者按："有关部门检查是应该的，也是必须的，但如果影响了做生意，那就值得商榷了，这种检查是否可以再改进呢？"

乖乖，这还了得！

果然，领导一个电话打来："你，还有小张，马上来局里开会！"

结果可想而知，我和小张都挨批了，还扣了我们三个月的岗位津贴。

小张说这是为我做出的牺牲，非要请他喝酒不可。我没有办法，只好请他。

谁知过了几天，领导又表扬了我们："你们工作扎实肯干，是难得的好同志，经局党组研究决定给你们记优，扣发的岗位津贴全部补发！"

原来这则新闻被市局领导看到了，说我们县局的工作做得好，才能够在突击检查中有这样守法经营的药店。

后来，小丽还是和我好上了，到底是怎样好上的，就不细说了。不过，小丽说的一句话，可能是她和我好上的原因，她说："我能不和你好吗？"

测气选郎君

梅姐已经好多天翻来覆去睡不着觉了。

"你怎么了？这么晚了还不睡？"梅姐的妈妈起来上卫生间时见到女儿屋里灯还亮着，便敲门进去关心地问她。

梅姐苦笑一下："我能睡得着吗？你说说看我嫁给谁好啊？"

目前追梅姐的男士有不少，大都是她公司的中层以上领导。梅姐心里当然明白老公必须和自己是同心同德的，否则将来怎么能放心把公司交给他呢。

妈妈没好气地道："你不是天天和阿强泡在一起，你不嫁他还嫁谁？"

阿强是梅姐的副总经理，爱梅姐爱得要死要活的。

梅姐有些担心地说："问题是他表面上虽然对我言听计从，同心得不得了，也说很爱我，但谁知道他心里是怎么想的？"

"那你就不能想个办法考验他一下？"妈妈出主意道。

"对了，我怎么没有想到呢？"梅姐惊喜道。

说来也真是巧，梅姐从一封商家邮购信件中看到一篇文章，说的是人与人之间能不能真正投缘，主要是气味是否相近相投。俗话不是说臭味相投嘛。这种仪器可以测定人的两种气体，一种是从口腔里呼出的气体，叫上气；还有一种是从肛门放出的气体，称下气。通过对上气的测定，可以推算出该人的品质的好坏；通过对下气的检测可以确定该人对爱情忠诚与否。

文章还说国内有一家工厂已经研制出了这种测定气味指标的仪器，而且测定的效果都很准确。这种仪器目前申报了国家专利，但由于是先进产品，价格要五万元一台。为了做到测试的保密性，该仪器叫作健康测定仪。

梅姐看了这篇文章忽然开朗："真是得来全不费功夫，就是它了。五万元就五万元，选不好老公那损失才大呢。"

梅姐当即按文章上的地址亲自打去了电话，并要求厂方在最短的时间内送一台来，全部费用由公司承担。千里之外的厂方当即答应连夜从南国马不停蹄地送来。

梅姐第二天早上上班时，就见到了这台测试仪器。有了这台测试仪器，梅姐对选老公就显得胸有成竹，她不担忧了，心里乐呵呵的。当然，她的想法是不能让测试者知道的，否则就麻烦了。她召开公司中层以上人员会议，她说：

"公司为了大家的健康着想，买来一台健康测定仪，准备对所有中层以上领导进行健康测定，测定结果将列入每个人的健康档案。"

会场顿时响起了热烈的鼓掌声，大家都眉开眼笑。

厂方技术人员按照梅姐的测试要求，先对梅姐和包括阿强在内的五位副总经理进行了测定，并对测定者的名字暂时封闭，以求公正。测试结果从电脑里打出来后，梅姐按厂方提供的参照数据对照，发现没有一个人的气味是和她真正相近相投的，更让梅姐失望的是对阿强下气的测定，与爱情忠诚的指标相对照相差很远。

梅姐心里滋味很不好受，回到家也是阴沉着脸，对妈妈说了测试的经过，还对阿强愤愤地骂道："这个阿强，我对他这样好，他竟是个人面兽心的人。"

妈妈却说："你啊真是没用，一点气都沉不住。你想想看如果没有这台仪器，真要是嫁了阿强，那岂不更惨了？"

梅姐一想："对啊，坏事也可以变好事嘛。"她又高兴起来了，"还是妈妈聪明，不过，你说我应该嫁给谁好呢？"

妈妈出主意道："既然这些副总经理和你都不是一条心的，你不妨在中层人员中选一位。"梅姐想想也有道理，因这些人也有好多爱着她的。"也只好如此了。"

接下来便是对20位中层领导做了测定。梅姐意外地发现这些人的数据中只有一个人和她的气味特别的相投，梅姐揭开封条一看这人正是多年暗恋着她的办公室陈主任。梅姐暗暗地做完这一切，就决定将彩球抛给陈主任。

那天晚上梅姐终于睡了一个很安稳又很香甜的觉，还做了一个令她兴奋不已的梦，梦见陈主任和她结婚后对她的爱情忠诚得不得了。不过，有一件事她在梦中没有做到——那就是那封邮购信件是陈主任偷偷地放在她办公桌上的，当然测试前早跟厂方技术人员串通好了。

离婚约定

周游想跟老婆方梅离婚的时候，肖依依出现了。肖依依一出现，周游就不可能离婚了。如果周游跟方梅离婚，意味着周游有了第三者。如有第三者要离婚，那是人人喊打的事，更何况周游跟方梅结婚时，曾经有一个约定：如果离婚，必须是在谁都没有第三者的情况下。

方梅问什么时候去办手续，周游回答，以后再说吧。方梅狠狠地瞪了他一眼："你想拖到什么时候啊？一拖就是半年，你还要不要让我过新生活了？"

周游没法，只好如实相告："对不起，我认识了一个人。"方梅一听这话就明白了，说："那好，你不跟她分手，就别进家门。"

周游只好去肖依依那里，肖依依欢天喜地地迎接他，周游却没半点笑容。肖依依问他："你怎么啦？"周游脱口而出："我想离婚！"肖依依当场欢呼："好啊，那真是太好了，我终于可以跟你结婚了。"周游却说："那是不可能的！"

肖依依很意外，满面狐疑。周游只好说了实情。肖依依听完后当即说："那还简单，我跟你分手好了。"周游断然否定："那怎么行？"肖依依坚持说："这有什么不行的，我又不是真的跟你分手。"周游说："那更不行了，如果心里还有你，那意味着我还是有第三者。"肖依依狠狠地瞪了周游一眼，喝道："你这人怎么这么死板呢？你，你，你给我出去！"

周游只好出来了，他抬头望了一眼肖依依家的窗口，发现有个人头在动，便鼻子一酸，眼泪就出来了，心里默默地说："依依，你等着我！"

周游再去找方梅，方梅一见他就说："你跟她分手了，那好，我们现在就去办手续。"周游却站在门外没动也没说，把头低得低低的。方梅问他："你想说什么说吧。"周游眼巴巴地说："请你答应我离婚吧。"

方梅说："我早已经答应你了。问题是你有第三者，你有了第三者跟我离婚，你知道这意味着什么吗？意味着我被你甩了！"周游连忙表示："不是的，不是的，真的不是的，我怎么可能甩你呢？"方梅说："难道这道理还要我来解释吗？"方梅见周游不语，就留下一句话，"砰"地关了门。"分手了再来找我！"

周游很痛苦，真的很痛苦，他只好来到街上。忽然，听到前方"扑"

的一声，不远处有一辆车撞倒了一个人。周游连忙奔过去，见地上躺着一位跟他穿戴得差不多的男人。男人已面目全非了，根本无法辨认。

就在周游想离开时，他的眼睛看到了散落在男子旁边的身份证，便捡起来看了一眼，这人竟然跟自己同年同月生的，长得还很像呢。周游的脑子转得飞快，连忙从自己的口袋里掏出身份证，以最快的速度调换了一下，就快速地离开了。

周游躲在宾馆里，想了整整三天，这样多好，周游发生车祸死了，就不用跟方梅离婚了，之后，可以跟肖依依名正言顺地结婚了。

三天后，周游去找肖依依。当肖依依开门见是他时，大声尖叫起来："你，你，你鬼啊！鬼啊……"周游连忙捂住肖依依的嘴，把肖依依推进屋里关上门，详细地说了事情的经过，还脱去上衣，露出肩头上的一个疤痕。那是半年前肖依依跟他亲热时咬的纪念。

肖依依完全相信了，便扑进了周游的怀里，抱得紧紧的。忽然又推开了周游，问："那你的财产怎么办？你不是说过，你家有二百万以上的财产，如果离婚你能得一半。"周游有些无奈地说："这个只好归她了。"肖依依断然表示："那不行！你要不回来一百万家产，就别想跟我好！"说着，就赶周游出门。

周游只好去找方梅，敲门进去时，方梅没有意外，说："我知道你会来的。"周游很意外："难道你知道我没死？"方梅说："当然，我检查了一下尸体，就什么都明白了。"周游就兴奋起来了，说："这就好，你把家产分一半给我吧。"方梅说："法律上明文规定，妻子是丈夫财产的第一继承人。"周游急了："可我没死啊！"方梅冷冷地说："你已经在三天前火化了，如果不信，你可以去公墓看看你自己的领地。"

第二辑

上帝寻找上帝

上帝寻找上帝

上帝忽然觉得管理这个世界有点累了，便想找个代管者，好让自己脱出身来休息休息，或去周游一下世界，享受享受美食，特别是中国的美食。上帝看到中国的电视上正在播放"舌尖上的中国"，那美味那佳肴，让他馋涎欲滴。上帝睁大眼睛挑选符合他要求的代管者，终于锁定了中国的一户人家。这户人家祖孙三代，在现实生活中都跟管理有关。爷爷六十岁，退休前曾经做过处长；父亲三十五岁，管理科科长；孙子刚满十岁，机关小学三年级班长。

上帝找到了当过处长的这位爷爷，上帝问："假如您是上帝，您会怎么样来管理这个世界？"这位爷爷白了一眼上帝，问："你是说假如是吧！"上帝点了点头："是的。"这位爷爷说："假如我是上帝的话，在我管理这个世界之前，我要先做一件事。这件事太伤我心了。"上帝说："您说吧，既然这件事这么让您伤心，一定先满足您。"这位爷爷恨恨地说："他妈的那个张山哪一点比我强了，啊？他，他竟然是副厅，退休了竟然享受正厅的待遇！这太不公平了。妈的！假如我是上帝，我就先给自己弄个正厅，不，弄个副省级的退休待遇！看他在医院看病住院时还敢在我面前称威摆阔？！"

上帝非常意外，只好去找当科长的这位父亲。这位父亲春风得意，正在跟美女聊天。上帝等美女离开了才问他："假如你是上帝让你来管理这个世界，你想怎么样管理？"这位父亲却反问上帝："您是说假如我是上帝让我来管理这个世界是吧？"上帝点了点头回答："是的。"这位父亲瞧了一眼上帝问："我可以先提个问题吗？"上帝回答："可以。"这位父亲的脸孔一下子拉长了，非常严厉地问："你有证明你是上帝的文件吗？"没等上帝回答，这位父亲从抽屉里取出一张纸，道："你看看这是任命我当科长的文件，你有这个吗？"上帝回答："没有。我作为上帝是用不着谁来证明的。"这位父亲猛然地立起身，手指着上帝怒喝道："你这个他妈的精神有问题的来我这里捣什么乱啊？你他妈的给我滚！"

上帝滚出了这位父亲的办公室，滚到了当班长的这位孙子的学校门口。那时候刚好放学，这位孙子背着书包出来，站在校门口等他的爷爷来接。上帝抓紧时间上前去问话，"这位同学，我问你一个问题好吗？"这位孙子说："好啊！不过，我回答了你的问题，你得帮我做一件事。"上帝想想说："好的。"上帝想这件事肯定是买吃的或玩的东西吧，于是上帝问："假如你是上帝让你来管理这个世界，你想怎么管理？"这位孙子想都没想就回答："假如我是上帝的话，就把天下好玩的都通通地归我所有，我想怎么玩就怎么玩，让天下所有的同龄人都来陪我玩，谁不陪我玩，我就让他没好日子过，让他们的爸妈通通下岗！"

上帝非常难过，离开这位孙子，可还没走出两步路，这位孙子叫住他，"我回答了你的问题，你得帮我做一件事。"上帝忽然转眼一想：他说不定让我做一件好事呢。于是，上帝很热切地问："你说吧，是什么事？"这位孙子愤愤不平地说："他妈的那个张小子竟然每次考试成绩都比我好，你帮我搞定他，以后考试让他倒数第一！"

上帝想回答"是"也不好"不是"也不好，只好呵呵笑笑，去见那个张小子。这个张小子长得黑黑瘦瘦的，眼睛亮亮的，正走在放学的路上。上帝上前拦住了张小子——突然倒在了张小子的面前。张小子见状急忙蹲在他的身边，急切地呼叫："大爷，大爷，您醒醒您醒醒……"上帝故意没醒来，这张小子便求人打120电话和报警。上帝见张小子急得要哭了，于是吐出一口气就醒了过来。张小子破涕为笑："大爷，您醒啦您醒啦！"上帝点了点头，便问他："我问你一个问题好吗？"张小子说："好啊！"上帝问："假如你是上帝让你来管理这个世界，你想怎么管理？"张小子回答："假如我是上帝的话，刚才就不用急着打电话求救了，我完全可以轻松地救您！"

上帝心中大喜，又问："假如真的让你做上帝，你愿意吗？"张小子回答："不愿意！做上帝哪有我快乐自在。"上帝很惊讶，便诱导说："你做了上帝，能让你的父母亲赚很多的钱呢！"张小子老老实实地说："那样的话，我这上帝还能管理好这个世界吗？"说着，张小子跟上帝道别，说要帮父母推车去摆摊卖水果。

上帝眼睛湿湿地望着张小子的背影，由衷地敬畏道："你才是我的真正上帝啊！"

预测未来

医科大学硕士张致远快要毕业时，面临着两种就业选择，一是可以很顺利地进市级医院工作，二是可以报考市级公务员，有亲戚会帮他想法录取。张致远一时难以取舍，就想到了许博士。许博士研究发明了21世纪最伟大的科研成果——预测未来仪。

张致远躺在许博士的实验床上，许博士亲自为他讲解，亲自操作预测过程。

一、张致远进医院工作后预测的未来

27岁，实习期间，带教老师是一位全国有名的医学教授，他让你掌握了书本里没有的知识。你的实习非常顺利、愉快。你在实习结束时，会遇到一位心地善良容貌美丽的护士。你会对她一见钟情并恋爱。你报考医学博士被录取。

30岁，你跟护士结婚，有了一个可爱的女儿。医学博士毕业再读博士后，医院破格聘请你为副主任医师。

35岁，你被聘请为主任医师，是医院最年轻的教授级主任医师。

40岁，你的医学研究获得国家级重大发明成果奖，所写论文在世界医学领域引起轰动。你被医学院聘请为终身教授。

50岁，你的女儿医学大学毕业后硕博连读。你妻子被医院聘请为主任护士长。

60岁，你的医学成果获得世界最高成就奖。之后，你坚持每天上班，会诊，教学。

100岁，你无疾而终。

预测结论：您是一位充满爱心并拥有杰出成就的医生。

二、张致远进机关单位工作预测的未来

27岁，公务员实习期间，带教老师是一位处长。处长喜欢谈天说地，更喜欢喝酒。本来你的酒量很小，经过一年的实习，你的酒量比原来增长了300%。实习快结束时，你认识了一位年轻漂亮的女子。这女子是市长的女儿。你展开追求攻势，终于如愿以偿。

30岁，你跟市长女儿结婚，并被任命为副处长，并有了儿子。

35岁，你被任命为处长，市里最年轻的处长，你的妻子也被任命为副处长。

40岁，你的岳父退休，你被任命为副市长，市里最年轻的副厅级领导干部。不久，你遇到了人生中让你最心动的女人。这个女人做了你的地下夫人。

45岁，你被任命为市长，正式掌管全市的经济命脉。这期间，你跟不下十位年轻漂亮的女人有两性关系。

49岁，你被"双规"，你被开除党籍开除公职，你被判无期徒刑。儿子考上跟你同一所医科大学。

65岁，你提前获释。你儿子已经是市级医院的医学博士，是最年轻最有声望的教授级主任医师。

70岁，你患病医治无效去世。

预测结论：您具有杰出管理天赋与毁灭的双重身份。

张致远面对这样的未来预测，心里非常不平静，很明显，进医院工作是最幸福的选择。问题在于，当公务员成为市长的诱惑力也非常之大。张致远忽然突发奇想：我何不把两者结合起来呢？张致远综合了前面两种预测的未来，毅然走上了一条独特的人生之路：

27岁考取卫生局的公务员，实习期间认识副市长的女儿，并恋爱。

30岁结婚并育有一子，被任命为卫生局副局长，读在职医学博士。

35岁下派医院担任院长职务，被聘为主任医师，医学院教授。

40岁挂第一作者论文50篇，获得国家重大科研成果奖一项，获得终身教授称号。

45岁被任命为分管文教卫生的副市长，兼医院院长及每周半天的门诊。

50岁被任命为人大副主任，分管文教卫生，兼医院院长及每周半天的门诊。儿子被保送上名牌大学。

55岁被任命为政协常务副主席，分管文教卫生，兼医院院长及每周半天的门诊。儿子大学毕业，被安排到机关工作。

60岁享受正厅级待遇从政协常务副主席位置上退休，兼医院院长及每周半天的门诊。儿子被任命为副处长。

65岁继续担任医院院长及每周半天的门诊，儿子任命为处长。

70岁时，儿子被"双规"后自杀身亡，不能承受失子之痛，突发脑溢血去世。

美女的心愿

美女很憔悴，很闷闷不乐，美女跪倒在上帝的面前："上帝啊，请让我重新开始吧。"上帝说："你做领导的情人，生活不是过得很滋润吗？"美女苦着脸说："您有所不知，其实我只是领导暗藏的一只花瓶，见不得半点阳光。无论任何时候在任何地方，我都不能透露跟领导有关的半点信息。一旦透露了，领导的职位很有可能不保，我更死无葬身之地了。"

上帝听了美女的诉苦后非常同情，"那你想怎么办？"美女请求说："我想重新开始，让我大学毕业时不要认识领导，不认识领导就不会有做领导情人的机会了。"上帝想了想后答应了，不过上帝又说："如果你放弃了认识领导的机会，很有可能你接下来的人生中，不可能有认识领导的机会了，也就是说你不可能有做领导情人的机会，同样，也不可能有跟领导结为夫妻的缘分了。这你答应吗？"

美女连忙答应："只要能很阳光地生活，就是我一生一世最大的心愿。"上帝笑了笑，然后说："请你闭上眼睛吧。"美女很听话地闭上了眼睛……

一年后，美女再次跪倒在上帝的面前，面容憔悴，精神恍惚。上帝心疼地问："你怎么啦？"美女哭诉着说："上帝啊我还想重新开始。"上帝说："我不是已经给过你机会了，现在怎么又要重新开始了？"美女流着泪说："上帝，我过得很不幸福。"上帝说："我让你重新回到了大学毕业时，也没有让你认识领导，你按你自己的主意认识了一位老板，还做了他的情人。据我所知，他送给你一幢别墅，还有很多的钱。生活得非常富裕，贵族般的享受。"

美女如实地说："在外人看来，我生活得是非常富裕，住着别墅，吃着山珍海味，刷着老板给我的金卡，穿的用的都是世界名牌，但是，上帝啊！我苦啊真的苦啊！"上帝同情了，上帝是见不得眼泪的，特别是女人的眼泪。"你说吧。"美女说："他把我当作交际花一样对待，任何场合，任何时候，都要我给他挣面子，甚至出面去做一些我不想做的事。特别是有些事很难办时，他竟然让我去诱惑对方……我，我真的受不了这份苦啊！"

听到这里，上帝的眼睛也湿润了，鼻子也酸了。上帝断然地说："那好吧，我再破例让你重新开始。"美女破涕为笑了，美女问："上帝啊，接下来，我会遇到怎么样的一个人啊？"上帝反问她："你想遇到怎么样的人？"美女含羞着说："我当然希望能遇到我中意的人啰！"上帝问："你中意的人应该是怎么样的呢？"美女想了想回答："我也不知道，这个要遇到了才能知道。"上帝笑了笑，然后叮嘱她："你可要看好了。"美女嫣然一笑，就跟上帝拜拜。

美女闭上眼睛，又睁开眼睛后，就回到了大学刚毕业时。那天，她去找工作，在等车的路上遇到了一位很英俊的小伙子。小伙子非常热情地跟她聊天。她也很高兴，跟小伙子聊得很起劲，也很投缘。美女心里也有话想问了。

"你工作好多年了，买房子了吧？""是啊，前年就有了。""那，那你的车呢？怎么也来等车？""我的车啊，刚好去保养了，明天就可以提车。"

三天后，美女哭哭啼啼地跪倒在上帝的眼前："我被骗了我被骗了。"上帝很冷静地问："他为什么骗你？"美女哭泣着说："他根本没有房，也没有车，那房子是别人的，他自己只有一辆破自行车，一间租来的破房子！"

上帝叹息了一声，试探着问："如果我现在让你重新开始，在你的眼前有跟你差不多年龄的年轻小伙子，他们当中有律师，有医生，有老师，有技术人员，有工人，有农民，你准备选哪一个？"美女一把擦去眼泪，问："他们年薪有20万吗？"上帝回答："没有。"美女又问："有汽车有大房子吗？"上帝问答："没有。"美女又问："他们家庭条件好吗？"上帝回答："很一般。"美女狠狠地瞪了上帝一眼："你把这些人介绍给我做什么呀？真搞笑！"

模拟蜕变

江城正在开展蜕变教育。唐侃便去拜访江城首席教授。教授很热情地把他迎进屋，对唐侃说："我研究了一种模拟蜕变的软件，你有没有兴趣试一试？"唐侃当即表示要试试。

唐侃坐在电脑前，教授替他打开软件。软件页面上出现一行字：欢迎唐局长来模拟测试。我们将通过心与心的交流，来测试你今后是否会蜕变。

唐侃觉得很新鲜，问教授："这软件真能测试出蜕变与否来？"教授说："还处在试验阶段，行不行看你的模拟结果。你不能有一次出错的。"唐侃信心百倍地说："教授，您放心吧，我会用我的真心模拟的。"

这时候电脑屏幕上出现一句话：唐局长，你当上局长后肯定会有同事朋友宴请，他们可能什么目的也没有，当然可能还会有目的。你会参加宴请吗？

唐侃觉得这道模拟题很特别，连他要想的问题都想到了。谁都知道一个人的蜕变是从吃请开始的。于是，他果断地选择了"不会"。

屏幕上又出现了一行字：唐局长，你工作得很辛苦、很勤劳，完全可以说你把全身心都投入工作中去了。可你怎么也不会想到，竟然有人说你工作不踏实，生活作风不好等让你很委屈的流言。遇到这种事，你将采取什么办法？

唐侃想：工作得好好的，为人也端端正正的，遇到这个问题确实很伤心很委屈，但是……唐侃采取了"你说你的，我干我的"的办法。

这样的话：恭喜唐局长，你经过一年来的忍辱负重，任劳任怨，你终于得到上级领导的嘉奖，将颁发你模范局长的荣誉称号。你接受这个荣誉吗？

唐侃一时很为难，荣誉是上级机关颁发的，当然应该接受，问题是，我如果接受了是否会怀疑我这人有虚荣心，如果我真的有虚荣心，那么蜕变的苗头肯定存在了。可是，我不接受这荣誉肯定不行，领导会不高兴的。

就在唐侃左右为难之事，忽然灵机一动：颁发荣誉那天，突然生病住院。

唐侃打进这句话时，屏幕上出现一个新画面：唐局长，你的回答真聪明，由此推断，你的家人就有可能出事。

唐侃大惊，连忙输入一句话：我的家人绝对不会出事的！

屏幕马上出现了一段话：不管怎么样，这也是接受。当然你会说，你没接受，是他们代你接受的，但这跟你亲自接受没有多少区别。如同你家人接受钱财是同一个理。

唐侃倒吸了一口冷气，还想辩解，屏幕上又出现了新内容：由于你知识丰富，遵循科学发展原理，工作作风扎实，成绩越来越大，并受到了国家级的嘉奖。新闻媒介要对你进行跟踪报道。上级领导亲自给你打电话，要你好好配合新闻媒介的采访。荣誉不仅仅是你个人的，也是属于全市人民的。你同意跟踪报道吗？

唐侃忽然发现教授设计的这些问题都是一个个陷阱，稍不留神就会掉进去出不来。唐侃狠狠心咬咬牙，打上以下一句话：拒绝采访。唐侃边打字边想：就算领导不高兴，也只能这样做，我绝对不想蜕变！

屏幕上出现了新的一行字：唐局长，由于你拒绝新闻媒介的采访，领导发怒了，你被调职了，调到一个没事可做的位子上。在这样的情况下，你将怎么办？

"怎么办？读书呗，把以前没时间读的书都读一读，还可以做一些调查研究，对了，还可以把以前所做的事整理出来，做得好的，或做得不好的，通通地反思一遍。"

唐侃想到这里，就把这些话全打上去了。

就在这时候，电脑屏幕里出现了一束鲜花，还有一行字：唐局长，我非常敬佩你，有如此胸襟的领导，真是世上少有。我特意订了一束鲜花，送给你。

鲜花鲜艳夺目。

唐侃很欣慰，就点击收下，却看到了一幅让他瞠目结舌的画面：鲜花变成了花花绿绿的钱，一叠一叠的，叠成一座小山，横在眼前……

教授拍拍唐侃的肩头，非常痛惜地说："这就是蜕变！"

上帝来检查

上帝莅临天堂市检查，天堂市街头巷尾张灯结彩，一片欢腾。

上帝在天堂市市长的陪同下来到A单位检查，刚走上三楼，就看到门牌号上有"张领导"的字样，就当即命令："检查！"话音刚落，就有一批人冲进了张领导的办公室。

检查结果：钱十捆、护照一本、黄色影碟十张。

张领导顿时吓得浑身发抖，"扑通"一声跪倒在上帝的面前："我错了我错了我错了，请您无论如何也要宽恕我啊，我的上帝……"

上帝鼻孔里"哼"的一声，拂袖而去。

当天晚上，市长胆怯地去向上帝汇报："敬爱的上帝，我们已经把A单位的张领导移送检察机关了，请您老放心，我们一定会依法严办他的！"

上帝没有半点笑容，只是淡淡地说："我知道了。"

第二天，上帝带着一批人上街检查，走着走着，忽然拐弯又来到了A单位。

市长连忙上前说："这里昨天已经检查过了，我们去B单位吧。"

上帝没理市长，继续往大楼里走，到了三楼，那门牌号"张领导"换成了"赵公仆"。

市长忙解释说："昨天，我们撤了张领导后，就任命赵为公仆。"

上帝脸色非常严肃，喝道："检查！"

检查结果：美元十万，护照两本，美女裸体照二十张。

赵公仆顿时吓得屁滚尿流，"扑通"一声跪倒在上帝的面前："上帝，上帝，这不是我的，真的不是，这些东西都是昨晚有人送来的，我真的没享用过，真的，我对天发誓：如果我所说的话，有半句是假的，就被雷劈死！"

突然，晴天里"哗啦啦"地炸响了一个霹雳，把赵公仆打得昏了过去。

上帝狠狠地瞪了市长一眼，拂袖而去。

市长目瞪口呆，不知所措。

当天晚上，市长很小心地陪上帝吃饭，喝酒。

市长边吃边汇报："上帝，您离开A单位后，我们对A单位进行了整顿，整顿得非常彻底。A单位的全体员工欢迎您明天再去莅临检查！"

上帝反问："他们真的要我去检查？"

市长回答："是的，热烈欢迎您去检查！"

上帝也很爽快地说："那好吧，明天上午九点去。"

果然，上帝在第二天九点准时到了A单位，他先开了一个会，肯定了A单位的工作成绩，还认真听取了相关人员的工作汇报。然后对大家说："都跟我去看看吧。"

说着，上帝带领着大家从会议室出来，直奔三楼，上帝看到了门牌号上"李冒号"的字样，就对市长说："我相信你，你进去检查吧。"

市长便带着几个人进去了，进去后没多少时间，市长的手里就拎着一只密码箱出来，往地上一摔，责问李冒号："这是你的吗？"李冒号支支吾吾不敢吭声。

市长命令道："打开！"

密码箱打开了，里面除了一箱子钱外，有男人护照两本，有女人护照一本，有国际地图一本，有飞机票三张。

李冒号当即瘫软在地上，不省人事。

上帝冷冷笑了一声，道："带走！"

第二天，太阳刚刚暖暖地射进来的时候，市长毕恭毕敬地来向上帝汇报了。

"上帝，A单位希望您今天能再去检查一次，他们说了，一定会让您满意！"

上帝想都没想就说："好啊！好啊！"

早饭后，上帝带着检查团出发了，到了A单位，上了三楼，那门牌上写着"吴百姓"的字样，上帝见了，脸上就笑了，笑得很灿烂，嘴里还说："好！好！好嘛！"

对了，这"吴百姓"三个字，还是上帝昨夜亲自授意市长换上去的呢！

拯救人类

他说他是智者，他很认真严肃地说："你听好了，我是来拯救你们的。"

"真好笑，我们还值得你这老头子来拯救，你省省心吧，照顾好你自己，不给我们添乱子，就是万幸了。"

他就这样来到了我的眼前，感觉上像古代的一个老头子，头发长长的，又脏又乱，还有那胡子，像马尾草一样疯长，当然是脏乱得很。

"现在的人类啊把自己给谋杀了。"他又在说话了。不过，这话听起来倒有点新鲜感。

"你想想看，人类的进化，首先应该是思想的进化，美的进化，文明的进化，道德的进化。而现在恰恰相反，思想越来越陈旧，品行越来越自私……"

我忽然想到了老子，真的，当他说到"道德的进化"时，我想到了眼前的他——自称为智者的老头，很可能就是老子本人吧。

我对他有了兴趣。我在听他继续往下说。

"你可能会不屑一顾，你会说，现在的人多聪明，高科技的产品多了不起啊！你还会说电脑、互联网、电话，还有汽车、飞机什么的。但是，你要明白，这些东西的出现，并没有带给人类心灵上的美好，反而是更加自私自利。"

"我不反对你的观点，但我不太会同意你的想法。"我说。

"你看看，现在大街小巷里全是汽车，有了汽车看似进步了，但被汽车撞死的人有多少？告诉你吧，我可以预言，十年后将有近一半的人死于车祸！"

我打断了他的话，我说："那好吧，我们现在模拟一下没有汽车的日子。"

我让他坐在电脑前，启动了人类模拟系统，删除"汽车"后，大街上没有了汽车，家里没有了汽车，大家都靠走路前行。

他说："看到了吧，这样的生活多好。"

我看到了，大街上真安静，真干净，空气真好，太阳都笑眯眯了。

就在这时，电脑系统突然"嘟、嘟"地报警，屏幕上立即出现一行字：全球将有100000名孕妇要生产，等待救护车去接送。

"请问智者，你说该怎么办？"

"如果没有汽车会怎么办？"

我立即输入"如果没有汽车会怎么办"这句话，电脑很快计算出了结果：将会有39999名孕妇在去医院的路上和她们的宝宝一起失去生命。

他惊愕万分，眼睛睁得大大的："怎么会这样怎么会这样呢？"

我没回答他，而是很平静地问："请问你还有什么要问？"

听我一问，他又来精神了，他说："现在地球上没有一处江河湖泊是干净的，你看看，你看看，都是化学品惹的祸。如果没有了化学品，肯定会好得多。"

这话我承认，真的，如果世上没有了化学品，这个世界肯定要美丽许多。

我轻轻地移动标鼠，打开人类模拟系统，删除了"化学品"，新的页面出现：地球上所有的山是青的，所有的水是绿的，所有的空气都是清新的，所有的泥土散发出阵阵芳香。

他露出了笑容，没说话，只是看了我一眼。我当然知道，他看我一眼的意思——那是一种自鸣得意、自命不凡、自视甚高的目光。

不过，电脑报警系统却"铃、铃、铃"地铃声大作，响得电脑都在颤抖了。我关掉了报警器，点开了"化学品"，页面更新后，出现了一句话：现在有近10亿人在等待吃药打针。

他问："这跟吃药打针有什么关系？"

我回答："这些药和针全都是化学品做的。"

他试探着问："如果不吃这些化学药会怎么样？"

我在电脑里输入"如果不吃这些化学药会怎么样"后，结果马上出现了：两亿人将在三天内病死，三亿人将被活活痛死，五亿人将半死不活。

我问他："你说要删除化学品吗？"

他无奈地摇了摇头，我退出了人类模拟系统。

显然，他很不服气，他说："人类头脑里的思想是不是应该更新？"

我说："好啊，您说该怎么更新？"

他回答："最起码也应该删除自私吧。"

我按照他的话，再次打开人类模拟系统，删除了"自私"。然后，我跟他一起观察被删除"自私"以后的人类——

人类都在大街上、在田间地头晒太阳，没人去做工了，没人去种田了，没人去学习了，也没人去竞选市长总统了。三个月后，人类死亡一半；半年后，人类死亡百分之九十；一年后，地球上没有人类了……

他目瞪口呆，问："难道现在的人类只能这样自私地活着吗？"

我很无奈很麻木地说："是的！"

"现在的人类真可怜！"他泄气地丢下这句话就隐身不见了。

重新做人

外星人见我醒来，把我从床上架起来，拖到屋外，把我塞进关家禽的笼子里。笼子太矮，不能直腰，只能坐着，或蹲着，或者干脆跟狗一样，四脚落地。

"先生，请您过来。"我对外星人说。外星人没有理我。我大声说："我必须向你申明，我是人，不能关在笼子里，我有头脑，有知识，有文化，对了，我的好多优秀文章，收进了大中小学课本，有的还拍成了电影电视。"

外星人连看都不看我一眼，倒是狗说话了："你省省力吧，在他们眼里，你说话跟我的叫喊声一样，一分不值。"

我非常气愤，指着狗鼻子喝道："你，你，你怎么好跟我相提并论啊？"

让我没有想到的是，羊也数落我了："人，你对我们想杀就杀，想活剥皮就活剥皮，你太残忍了！"

我忽然想到了什么，惊叫起来："哇！你们，你们怎么跟我说一样的话？"

鸡走到我的跟前，拍拍我的肩头，说："你本来就是跟我们说一样话的嘛。"

我瞠目结舌，跟我关在一起的狗、羊、鸡，还有猪，都是我饲养的家禽家畜啊！

"可是，你们说的都是人的语言啊！"一个人从会说话，要经过好多年时间，还要大人每天的教导，可是，这些家禽家畜……

猪伸了伸它的前掌，我连忙握住了，我说："老猪，人类每天都在赞美你，说你老实，说你对爱情专一，说你有小资情调，还说你是人类最好的伙伴，我相信你会说真话给我听的。"

猪淡淡地说："那是你们想吃我的肉。"

我非常不满猪的话，"老猪，那你说，你们怎么会说人话的？"我见猪不回答，只好换了一个角度，"对了，我怎么会跟你们说一样的语言？"

狗冷冰冰地说："不一样，难道还两样啊？"

可我毕竟是人啊，怎么可能跟猪狗一样呢？我百思不得其解。

直到傍晚时分，外星人过来说："狗、猪、羊、鸡，你们出来吧。"

狗、猪、羊、鸡，就迫不及待地窜出了笼子。

我连忙请求道："先生，我也要出来。"

外星人不理我，"呼"的一声，把笼子里的门紧紧地关上了。

狗叼来一块骨头，从笼子的缝里塞进来，说："人，你饿了吧，快吃。"

我怒不可遏地一脚把它踢出去，喝道："你，你，你把我当成什么了？"

狗胆怯地往后退了几步，小声说："我只把你当成人。"

我气得浑身发抖，狗竟然对我说这样的话？！

想昨天晚上，我跟朋友们偷偷地去山里吃国家明令禁止的穿山甲，那味道真鲜美啊！可惜，现在野味越来越少了。早些年的野鸡、野猪、野羚羊、野牛，还有天鹅，早已经吃得不见踪影了。

还是猪讲朋友义气，叼着一块红薯到我的面前，说："人，我不能眼睁睁地看着你被饿死。就这么一块红薯，你快吃吧。"

我感激涕零，哽咽着对猪说："谢谢！谢谢你！老猪！"

我饿坏了，饿得两眼冒金星。我狼吞虎咽，连皮带泥沙把这块红薯吞进了肚子里。

到了这时候，我才不得不正视自己的处境了，今天还没有跟外界联系过，好在手机还在裤袋里，连忙掏出来拨打，可一点声音都没有，又连续拨了10多次，都是如此。

我非常沮丧，非常困惑：这地球到底怎么了？难道被外星人占领了？外星人对动物很友好，对人类却是如此残忍！这是为什么？

我打开手机的信箱，有一条也是唯一的短信，是从移居到空间站的朋友发来的——外星人要对地球上所有动物、植物、生物进行原始化处理，直到土地恢复到原始状态。人将和动物一样，回归到原始进化时期……

那一天，正是公元2607年11月30日。

预测

快年终时，龙城来了一位非常神秘的智者。智者能预测。智者不露面。智者只待在屋里。屋外由我的阿姨把关。阿姨是智者特意请来帮忙的。阿姨的头发全白了。

来预测的第一位顾客是医院的院长。阿姨让院长坐在门边，对里面的智者说，目前医患关系非常紧张，医生都不敢开刀动手术了，怕被患者家属打，怕一不留神切错了地方。这一年发生了好多这样的事，这不，年终到了，要向领导汇报了，真着急啊，请问智者有何办法化解？

阿姨让院长稍等，独自进了里屋，只三分钟时间，阿姨就把智者的话带出来了。

院长看见白纸黑字写着两个字——预测。

院长茅塞顿开，随后写出了洋洋洒洒的工作预测报告《和谐美好医患关系10年预测》。报告说，那时候，医患关系如同一家，病情共同探讨治疗，那时候，医生护士态度绝对友好，药费绝对低廉……报告又说，目前医患难关系紧张是暂时的，是正常的，是社会发展过程中的必然现象。

领导听了院长的汇报后大加赞赏。

院长又封了一个大红包给智者，当然也不忘给阿姨一个小红包。

来预测的第二个顾客是环保水利局长。局长忧心忡忡地对智者说，现在企业排废水现象非常普遍，老百姓吃水已经成问题，抢水事件时有发生。这不，年终了又要汇报了，请问有何化解办法？

阿姨请局长稍等，独自进了里屋，只三分钟时间，阿姨就把智者的话带出来了。

局长看见白纸黑字写着两个字——预测。

局长茅塞顿开，随后写出了洋洋洒洒的工作预测报告《龙城青山绿水50年前景预测》。报告说，那时候，龙城的水是清的，山是秀的，空气是新的；那时候，老百姓就可以吃上放心水了……报告又说，目前环境污染、空气污染、水源污染是暂时的，是正常的，是社会发展过程中的必然现象。

领导听了汇报后大加赞赏。

局长又封了一个大红包给智者，当然也不忘给阿姨一个小红包。

来预测的第三个是公安局长。局长对智者说现在小偷多，治安差，老百姓没有安全感，天天在骂街，在骂我这个局长，可我也没有办法啊！这不，年终了要向领导汇报，得有一个让领导高兴的报告啊！

阿姨请局长稍等，独自进了里屋，只三分钟时间，阿姨就把智者的话带出来了。

局长看见白纸黑字写着两个字——预测。

局长茅塞顿开，随后写出了洋洋洒洒的工作预测报告《打造平安龙城20年预测》。报告说，那时候，小偷已经人人喊打，没有了踪影；那时候，我们可以放心地走到街上散步，不会有抢劫了；那时候，我们的社区将是多么舒适多么安全……报告又说，目前小偷多，治安差，老百姓没有安全感，是暂时的，是正常的，是社会发展过程中的必然现象。

领导听了汇报后大加赞赏。

局长又封了一个大红包给智者，当然也不忘给阿姨一个小红包。

智者名声大振，轰动全城，想见智者的人越来越多，有学校校长来咨询教育收费过高的，有城建局长来咨询房价过高的，有领导来咨询官员犯罪率居高不下的……智者对任何一个单位领导来咨询，都是两个字——预测。

　　新闻记者一拨一拨要来采访智者，可都被阿姨挡在了屋外。

　　"请问智者，您为何都说这两个字？"

　　"请问智者，您搞预测，是不是有不可告人的目的？"

　　"请问智者，您的言行是不是受人控制？"

　　"请问……"

　　"请问……"

　　…………

　　记者不见智者回答，硬要往屋里冲。

　　阿姨一个电话打给公安局长，局长亲自带着数十名警察，把记者赶走。

　　阿姨这才关了门，生火做饭了。

　　就在吃饭的时候，我敲门进了阿姨的家。

　　屋里只有阿姨一个人在吃饭，阿姨给我盛了饭，我端起碗来就吃。

　　吃完饭也不见智者。我悄悄地问阿姨："智者呢？"

　　阿姨笑笑，收起碗筷，去刷锅了。

我的眼角流出一条虫

那天升职失利，我流了好多的泪。泪水流着流着，就从眼角流出一条虫来，刚好掉在纸巾里，有一厘米长，一毫米粗，闪着金光。对了，还仰着头。

忽然听到一个声音："我是你的虫，也就是你的灵魂。你要听我的。"我大惊，连忙问："这声音真是你发出的吗？"虫说："难道还有谁？"我惊喜万分，忙把它捧在手心，断然道："好，我以后什么都听你的。"

虫，大部分时间躺在我的口袋里，或包里。空闲时，我把它掏出来，放在手心，把玩。对了，虫只吃我的眼泪和唾液。有了这条虫后，我的工作顺畅多了，做得很有成效，心情自然愉快。虫也在慢慢地长大。

不久以后，我就升职了。朋友们要请我喝酒。临行前，虫开口说话了："你呀，升这么一个小科长还值得祝贺？省省吧。"我辩解说："你要知道升这么一个小科长有多难啊。"虫仰着头又说："你太小看你自己了。"我大喜，连忙表示："那好，我不去了。"无论朋友怎么呼我也没去赴宴。

那时候，我正好喜欢上了一位叫芳菲的漂亮女子，恨不得立即娶她为妻。就在准备求婚时，我想到了虫。于是我问虫："我想跟芳菲结婚，你认为如何？"虫说："这个女人对你太危险了。你最好远离她！"我很不高兴，冷冷地问："为什么？"虫说："你现在去看一下镜子，镜子里有你跟她结婚后的真实记录。"

我冲到镜子前，果然有我和她一起生活的镜头。镜头里的芳菲很懒，什么家务都不做，对保姆吆三喝四的。更可恨的是趁我出差在外，跟她的上司偷情，还把家里的钱送给她的情人。

没办法，我只好忍痛割爱。从那天以后，我把精力都放在工作上了。这样一心一意地干了一年。也就在这一年年底，我被升为副处长。当晚，我很高兴，想请朋友们喝酒。虫也说："你去吧，去吧，喝一点，别喝多了就是。"我牢记着虫的话，只喝了一杯红酒就回来了。

虫问我："你是不是特恨我？酒也不让你多喝。"我忙表示："哪里啊，你是为我好嘛！我应该感谢你才是。"真的，虫一直在指点着我，也在规范着我的行为。我打心眼里感激它。

虫又对我说："你去看看镜子吧，镜子有一个女子，做你妻子很合适。"我扑到镜子前——镜子里面有一位女子，长得很端正，正对着我微笑呢。

我感觉上她不是我喜欢的那种女子。虫说："你会喜欢她的，她会给你带来好运的。"我只好问："她在哪里？"虫说："明天你会见到她的。"

果然，第二天上班，有人来找我，正是这位女子。女子见了我后，给我一封信，说是她爸让她来找我的。我有些莫名其妙，拆开信看了，才知道，原来她是乡下老师的女儿，让我给她找份工作。

我听从了虫的话，没有给她找工作，而是让她去我家里。她来我家后，把家里收拾得很干净，还做得一手好菜。这让我很意外，也很欢喜。经过三个月的接触，发现她真的很合适做我的妻子。于是，有一天晚上，我对她说了，她脸红得不敢看我，当然还是微微点了头。于是，我一把把她抱在怀里。

一年后，我有了儿子。再一年后，我当上了处长。当上处长后的那些天，请我吃饭的人很多，我一一回绝了。只是有一位绝色美女要请我吃饭，我没有回绝。我问虫："我很想赴宴，你说我能去吗？"

虫说："这绝色美女是妖女，你如果赴宴的话会出现三种结果：一是你得艾滋病，二是你们夫妻关系破裂，三是损害单位利益。"

我解释说："我从来没跟绝色美女喝过酒吃过饭。"

虫说："我理解你的心情，这些年来管你管得太严了。这样吧，这一次你自己做主，但必须提醒你，如果赴宴肯定会有一种结果发生，这是逃不掉的。"

我太想跟绝色美女在一起了。于是，我断然说："我决定去！"

虫问我："你准备选择哪一种结果？"

我说："第三种吧。"第一种让我害怕，第二种太可惜，只好牺牲单位了。

于是，我去了。

回来后，第三种结果渐渐显现：单位的利益受损。不久，我被停职检查。

虫痛心疾首："我真糊涂啊，怎么能让你自我做主呢？"

虫的身体突然"噗"的一声，破裂了，滚出一只蚕茧来，晶莹剔透，美丽无比。

三次选择

忽然有一天，上帝带着健康、美女和财富来到我的眼前。

上帝问我："徐寅，你准备选择谁？"

我眼睛盯着健康，手里摸着财富，心里想着美女。

我反问道："一定要选择吗？"

上帝耸耸肩头，摊开双手，说："那当然！"见我不语，又说："既然我们是老朋友，就给你一个优先选择的机会。"

我早看透了上帝的小把戏，谁都知道金钱买不到健康，有了健康就有了财富，有了财富当然会有美女的，于是，我说："我选择健康。"

"当真选择健康？"上帝故意问我。

我断然表示："当真，那还用说？"

上帝就把健康给我留下了，带着财富和美女离开。

美女刚离开三步路，突然尖叫起来："徐先生，快救救我！"

我大惊，忙问："怎么啦？谁要杀你？啊！快说快说！"

美女呜咽起来，红着眼睛诉说："上帝要把我嫁给丑八怪，我宁死也不从！"

我惊愕万分，责问上帝："有这样的事吗？"

上帝淡淡一笑："没错，我是准备让她嫁给一个世上最丑的人，但我也没有办法啊，你不选择她，我只能这样做。"

"不行，绝对不行！"我断然否决，如此美貌的女子怎么能嫁给一个丑八怪呢？这不是拿我们天下的男人当笑话吗？！

上帝问我："那你说怎么办？"

我当即表示："我要重新选择。"

上帝眼睛盯着我问："当真？"

"当真！"我果然地说，"我选择美女！"

上帝呵呵笑笑，就把美女给我留下，带着健康和财富走了。

美女温柔无限地依偎在我的身旁，眼睛里是数不清的情意，我心花怒放，喃喃地说："美人，我爱你！"把美女紧紧地搂抱在怀里。

美女却推开我说："你别急嘛，让人看见了多难为情。"

我说："这里只有你和我，哪里还有其他人？"

美女悄悄地说："你看，上帝回来了。"

果真，上帝又来到了我的眼前。

我很不高兴，冷冷地说："你来做什么？"

上帝说："我有一件事情决定不下，想请教你。"

"请教我？"我非常惊讶：上帝还有事情要请教于我？嘀，真是前所未闻！

上帝解释说："是这样的，现在健康和财富要配的对象，一个是傻子，一个是丑八怪，他们应该如何配才是最完美的？你帮我出个主意吧。"

我脱口而出："让健康配傻子吧。"

上帝点点头，问我："那你是说让丑八怪配财富？"

我一听连忙摇头，心想："不行，让丑八怪配财富，这怎么行呢？那让财富配傻子呢？更不行了，一个傻子有了数不清的财富，那我们这些聪明人，岂不成了真正的傻子？！"

上帝见我不语，问："你说怎么配好啊？"

我说："我，我，我……"我不知道如何开口了。

上帝笑了，上帝说："这样吧，现在如果让你再选择一次，你准备选择谁？"

我心里忽然异常激动，看了一眼对我情真意切的美女，看了一眼站在一边的健康，便大步地走到财富面前，我坚定地说："我选择它！"

上帝黯然神伤，不看我一眼，带着哭泣的美女和健康离去。

第三辑

修剪人生

防盗窗

李永和要装修房子了，房子在新区。李永和的房子在四楼，靠东。

装修房子前，李永和对家家户户都安装防盗窗非常反感，给他的感觉，人好像都被关在牢笼里似的，没有一点自由，连新鲜空气都吸不到。住房环境应该回归了。

李永和反其道而行之，不装防盗窗，不装防盗阳台，不装防盗门，不管朋友们如何劝说，一意孤行，装修好了房子，就搬进去住了。

住下后，李永和的感觉真好，心情真舒畅，便对老婆说："你看，我们的房子才像个真正的房子，住着多自由，多舒服啊！"

"是啊，是啊，住房环境回归，就是好！"老婆又用手指着前后的房子，不屑一顾地说："你看，你看，他们像关在牢房里，真没有意思！"

李永和点点头，很开心，很快乐。

这份快乐也带到了工作上，他工作得非常舒心，非常尽职尽责。

有一天，领导把他叫去了，阴沉着脸说："听说你装修房子没有装防盗窗，没有装防盗阳台，没有装防盗门，有这回事吗？"

李永和点头称是，解释说："住房环境应该回归了，不能老是像前几年那样。"

"前几年，前几年怎么啦？前几年有什么不好？"领导不高兴了，领导说："如何装修房子，那是你个人的自由，我作为领导是无权干扰的，但是，你作为单位里的一名职工，应该为社会的平安尽自己的力量，你说是不是？"

李永和额头冒汗了，连忙表示："是，是，是。"

李永和灰心丧气地回到家，如是对老婆说了，嘴里却恨恨地说："我就不装，你领导能拿我怎么样？！"

老婆眼睛红了，委屈地劝导他："老公，我们还是装吧，万一小偷爬进了我们家，给新区带来了不安全因素，这个责任我们负不起啊！"

李永和伤感地说："可我不想在自己家里过坐牢一样的生活啊！"

老婆却说："老公，别人家能住得，我们为何不能？"

李永和吼道："我就是不能！"那天李永和就没有去找人来安装。

第二天一上班，领导问他，什么时候安装，还向他推荐了一家亲戚的安装公司。

李永和没有办法，只好安装了。

安装了防盗窗、防盗门、防盗阳台，李永和站在阳台上，看着对面树上的鸟发呆。这鸟儿也很奇怪，每当李永和看它们时，不叫，不唱，也是默默地看着李永和。

"这些鸟儿一定认为我是在坐牢，他们是在可怜我啊！"李永和想到这儿，心里就难受，就暗暗地流泪。

随着时间一天一天地过去，李永和渐渐地适应有防盗设施的生活了，发现这住房环境也很安全，家里东西可以随便放，不用担心被偷被盗。李永和的生活又充满快乐了。

半年后的一天，领导突然对李永和说："快快快，今天你必须把防盗窗防盗门防盗阳台全给拆了。"

李永和非常吃惊，结结巴巴地问："为什么？"

领导阴着脸说："没有为什么，你快回家去拆吧，费用单位里来报销。"

李永和更是莫名其妙了，便试探着问："不拆行吗？"

"不行！绝对不行！"领导断然喝道。

李永和顿时也急了，声音也大了起来："我是听你的话安装的，现在你又让我拆了，总得给我一个理由吧。"

领导还是阴着脸说："这不是你应该知道的理由，你拆防盗设施的费用，单位承担。"

"那我安装的费用呢？总不能让我白白安装吧。"李永和大声申辩。

领导想了想后说："好吧，我给你报。"

李永和回家了，叫了几个小工，当天拆了防盗窗、防盗门、防盗阳台。

拆了防盗窗、防盗门、防盗阳台后，李永和站在阳台上，却怎么也找不到以前的安全感了，眼前都是空荡荡的，很不习惯。他来到阳台上，对面树上的鸟儿，就"哗啦啦"地飞走了。

李永和心里很难受，甚至吃不下饭。老婆劝慰他："你啊真是死脑筋，领导让你安装防盗窗，是出于安全的需要。现在领导又让拆防盗窗，是出于平安的需要。你怎么这么不开窍呢？"

李永和还是不开心，还是在叹息，还经常在睡梦中突然醒来，大声惊叫："有小偷！有小偷！"就猛然翻身下床，去查看窗户阳台。

老婆见状，给他买来一只鸟笼，鸟笼里有一对快乐无比的鸟儿。

李永和看着鸟儿，眼睛忽然红了，感叹道："鸟儿，鸟儿，你真安全！"

殉情

"噢呜——噢呜——噢呜——"

苍老、凄怆的哀号声，在山巅痛苦地滚动，又绵绵不尽地滚向月光苍凉、寒风凛冽的原野。

那是阿雄发出的号声！

"晚上把阿雄杀了，为巡抚大人接风。"

"阿雄"是主子唤其家狗的爱称。

阿雄脱逃出来前，从门洞里偷听到了主子对手下下达的命令。

阿雄知道接风的含义。他今晚就要成为主子招待上司的美味了。晚上主子就会低三下四地向来者敬酒，即使自己被敬酒敬得晕头转向天南地北不分，还得精神十足又满面红光地微笑着，双手恭敬地给上司敬酒："恩师，请；恩师，请；恩师……"哪怕自己已经醉得尿了裤子，也绝对不能在上司面前出丑。只能让它暗暗地尿着，否则，乌纱帽上的花翎永远也甭想增多。

在冬季，对上司最忠心的接风，莫过于用家狗宴请了。

前不久，阿雄随主子赴王县令的家宴。王县令把阿雄的友伴阿雪给"接风"了。阿雪是王县令的家狗。

阿雄是亲眼目睹阿雪惨死的。王县令的手下用一根短粗的木棍，猛击阿雪的颅额，阿雪顿时气绝身亡，脑浆涂地。

当时，阿雪绝望地看着阿雄，眼泪"吧嗒、吧嗒"地往下掉，目光是深深的依恋，仿佛在诉说最后的衷肠与恋情。

"阿雪，请原谅！我救不了你，不是我不想救你啊！"阿雄心里悲泣着，淌着带血的眼泪。

就这样，阿雄的主子在王县令的殷勤款待下，正大口大口地嚼着阿雪的细皮嫩肉。

"那是阿雪啊！那是阿雪的肉啊！"

阿雄感到心头肉像被强制挖走一样绞痛，但只能默默地忍着、忍着，表面上依然是贪恋地摇头摆尾仰着嘴巴等待主子嘴里的骨头。

自从阿雪被主子美餐后，阿雄已经感到自己的末日到了。他知道，这是命，这是天意，谁也抗拒不了，谁也休想改变。尽管他对主子是那样的忠心耿耿，肝脑涂地。

这是家狗冬季最大的悲剧！

"噢呜——噢呜——噢呜——"

阿雄悲泣着，阿雄哀号着，凄惨、悲愤，久久不断。

阿雄恨不得将冷月一口吞下。

阿雄的眼泪如潮水般地往外涌——

原野上，寒风呼啸着，月光灰蒙蒙的如同染着一层铅似的，沉重、揪心！

阿雄终于从山巅回到了家里。

阿雄从门洞里看到了主子铁青着脸，焦头烂额地拍着桌子对手下大发雷霆的尊容。

阿雄默默地往门厅里走，阿雄全然不顾主子见到他后的惊喜和对手下的喝道声。

"还不快把那畜生给杀了，巡抚大人正等着吃哩！"

阿雄毅然地跳进了早已为他准备好的猪箩里，眼睛明澈，目光透明。

那一刻，阿雄见主子上司的家狗正好蹲在门洞里，暗暗地掉着眼泪。

突然，阿雄从猪箩里猛地拔地而起，一头撞在柱子上，顿时气绝身亡，地上竟没有一丝血迹。

美丽之城的特别之旅

小的时候，爷爷经常带我去小溪边玩耍，还下到溪水里捉鱼捉虾。那时候溪里的水很清很甜，家里用水都是从溪里提取的。

稍大的时候，溪里的水忽然不能喝了，要到山里去提水。后来，田地全变成化工厂了。爸妈都在厂里干活。

再过了一年，爷爷呕吐得非常厉害，人瘦得没了人形，不久便离开了我们。有人说，爷爷是喝了井里的水得病的。井被爸妈填埋了。

爸妈说我不能再待在村里，要我去城里读书。城里有我的姨妈。妈妈说："你要好好读书，读好书就不用回村里了。"

姨妈住的这座城是一座非常美丽的城。我跟妈妈一起乘车还没到这座城市，就被挡住了去路，不让车进城。让我们改乘其他的车子。在改乘其他车辆前，我和妈妈被带进一间房子，让我们洗澡，换新的干净衣服。然后，又让我们进入一间很温暖的房间里，待上一小时才能出来。妈妈告诉我说，这是消毒，担心我们身上的病菌带进城里去。

消好毒以后，又把我们带到一辆非常漂亮的大车前，这车带着我和妈妈还有其他的乘客前往美丽之城。到了城墙边，我们又换乘了一辆蓝色的车。这车跟前面的那辆车对接后，让我们不用下车，在车厢里走过去就行了。这车的窗户全是封闭的，看不到一点外面的阳光，车内倒是很明亮，也很温暖。车载电视在播放美丽之城里的新闻，还有唱歌跳舞的节目。我不怎么看，很好奇这车窗外到底是怎么样的风景。

可能过了很长时间，也可能时间很短，忽然窗外明亮如雪，整座城市就在眼前：绿的草，花的树，飞舞的彩蝶，清澈的河水，跟我小时候看到的一样。呵呵，一切的一切都太美了！

这个美丽之城被一个很大很大的透明玻璃罩覆盖着。罩子的四周有四根巨大的管子通往外面。姨妈告诉我说："这四根管子，一根是通往很远很远的地方，把那里清新的空气引到这里来；一根是排泄管通往城外，把城里的废气排出去；一根是供暖管，从城外通进来；还有一个管子是备用紧急通道，万一城里发生意外，这根管子就做逃生之用。"

我感到非常好奇，这城市里没有高楼，全是清一色的别墅和排屋，红红的颜色。房子与房子之间都有一条弯弯的小溪。溪水很清，有很多的鱼儿，红的，白的，黑的，黄的，一会儿朝我游来，一会儿又离我而去。这些鱼儿好像不太欢迎我的到来。因为没有在我的面前停留几秒钟，就掉头转尾巴了。这让我有些不开心不快乐。

妈妈在姨妈家只待了一天就回去了。我送妈妈到楼下的草坪上。妈妈临行前对我说："好好听姨妈的话，不要乱跑，要多读书。读好书了，就留在这城里工作。"我望着妈妈，忽然鼻子酸酸的想哭。

姨妈对我说："离开学还有几天时间，姨妈带你在城里好好玩玩。城里有很多好吃的好玩的，你尽情地玩几天，玩够吃够了就好好读书。"

我很听话，姨妈让我吃我就吃，姨妈让我玩我就玩，反正，我心里非常清楚，以后要跟着姨妈过日子。姨妈因为没生孩子，把我当作自己的儿子了。其实，妈妈已经把我过继给姨妈了，否则，我是没资格在这个城市生活的，更不用说读书了。

就在开学前的一天，我的肚子忽然痛得非常厉害，又是吐又是拉的。这下子可吓坏了姨妈。姨妈当即把我送到医院去诊治。医生给我检查得很仔细，抽血，化验，拍片，做B超，吃药挂针，可三天时间过去了，却没有多少好转。我的病情弄得医生也非常纳闷。医生对姨妈说："这病因非常明确，用药也很到位，怎么会好不了呢？"

又过了三天，还是不见我好转，姨妈很担心，给妈妈打了电话，让妈妈来一趟。妈妈是三天以后才到达的。妈妈见我病得瘦得不成样子了，很心疼，但没有哭出声来，只是眼泪不停地往下流。我对妈妈说："妈，我想回家，看看我们家前面的小溪。溪里说不定有鱼了。"妈妈同意了我的要求。

跟姨妈告别，姨妈却抱着我哭了，哭诉着说对不起我，没有照顾好我，让我身体好了一定要来跟姨妈住。我很用力地点了点头。其实，我已经没有力气点头了。

我和妈妈乘上了一辆蓝色的车，很顺利很快地出了城，没有进城时那么复杂，要一遍又一遍地消毒。反正，我一出城，很猛力地吸了一口气，感到有些甜丝丝的，真的。

回家后，我想喝水。妈妈说："这水太混杂了，等清了才能喝。"我说："没关系，以前也是喝这样的水的。"妈妈说："你现在是病人。"我笑笑，端起碗一口气喝光了水。

当天晚上，我不再吐不再拉了，第二天，我的脸色红润了，没有不舒服的病症了，真是奇怪！

妈妈很高兴，说："再过几天，你还是回姨妈家里去吧。"我断然地说："打死我也不去了。"妈妈不解地问："为什么？"我很动情地说："那里不是我的家。"

花瓶

老公对我说："你总不能空手去看芳菲吧。"我说："这有什么的，反正大家都是同学嘛。"芳菲是我大学里最要好的同学，毕业后10年没联系了，让我意外的是，昨天芳菲打电话来了。

老公说："这样吧，把家里的花瓶送去。"这花瓶是老公的父亲传下来的，应该是比较珍贵的。老公说："人家都住别墅了，总得送样好东西吧。"芳菲告诉我说，明天她搬新家，别墅刚刚装修好。她还说是特意打听到我的电话号码的，也特意请我去玩玩。芳菲还透露，她老公当副县长了。

老公说："你想想看人家的老公是副县长，你作为以前最要好的同学，更应该送件像样的礼物了。"我真的很心痛送这么珍贵的礼物。

老公说："这没什么，对我们来说，这花瓶没有多少价值的。"那也是不行的，毕竟这很有可能是我们家最值钱的东西，何况是老公父亲传给他的。这价值更没法用金钱来衡量。

老公从包里取出一张票来，说："明天早上七点的车，你得早起，估计下午一点就可以到了。"我接过车票，心里在想芳菲的话：你来吧，什么东西也不要带，只要把你自己这个人带来就行了，这里什么都有。

老公说："你还是应该把花瓶带去，毕竟是我们的心意。"我知道老公的意思，我和老公都是教书育人的，家里除了一些书外，真的没什么值钱之物了，但是……

老公说："别'但是'了，你就带去吧。我已经擦拭干净了，放在盒子里，绳子也扎结实了，放心提吧。"这个我当然明白，问题是，我在想：芳菲10年没联系我了，现在联系我难道仅仅是为了让我去玩玩吗？

老公说："我知道芳菲让你去玩是想让你眼红眼红，她住别墅了，而我们还在住教育楼。"这话老公说得有些酸了，不过，老公不可能知道的，芳菲的老公是我和芳菲的上几级的师哥。这师哥最先暗暗喜欢的是我，让芳菲发觉后，特意单独跟师哥喝酒，醉得一塌糊涂，然后，然后，芳菲就睡了师哥……好在我对师哥没什么感觉，也无所谓芳菲睡师哥了。

老公说："嗨！我告诉你吧，这芳菲啊曾经给我写过求爱信，被我退回去了。她让你去玩就是想气气你。"这老公真是的，这种事还能气我？难道我还会不知道这点小事，早知道啦，老公！

老公说："明天我值班，要很早起来的。你的假已经请好了，课也排好了，你放心去吧，好好玩几天。对了，早上我不能送你去车站了。"老公的课上得顶呱呱，全市评讲第二名，是省里的优秀老师。

老公说："对了，回来时顺便去看看儿子，在姥姥家有没有淘气，让他听话一点，否则，我就不给他讲故事了。"真是的，老公竟然这样威胁儿子，如果我是他的儿子，肯定是不怕的，谁怕谁啊？！你说是不是？

老公说："我要洗洗睡了，你也早些睡吧，课回来再备。"老公就是这样的人，他自己非常用功备课上课，我吊儿郎当也没关系的，好像我有没有成就跟他没关系。不！今晚一定要把课备好！

备好课，见老公睡得很香，我悄悄地钻进了老公的臂弯里，也很香甜地睡了。

第二天早上醒来时，老公已经去学校了。桌上有一张条子，上面写着：鸡蛋和面包在锅里，牛奶在冰箱。我很幸福地笑笑，便洗脸吃早饭，然后，出门；然后，上车；然后，六小时后到了芳菲居住的城市。

我下车后没给芳菲打电话，直接打的去芳菲告诉过我的别墅区。别墅区里停着好几辆警车，闪着红蓝相间的灯光。师哥被两位警察从别墅里带出来，手里铐着手铐。芳菲低着头也从别墅里出来，由两位女警陪着。我慌忙地后退了几步，看着他们被推上警车。芳菲在警车里看见我了，还狠狠地瞪了我一眼，就别过头去。

我手里的包儿忽然掉落在地上，"噗"的一声，还好最后时刻没带花瓶来，否则，花瓶非碎不可！

富人招聘乞丐

富人决定招聘一名乞丐。富人把招聘启事张贴出去，启事上是这样写的：本人决定招聘一名乞丐，要求年龄在50~70岁之间，能吃得起苦，耐得起劳。无论刮风下雨还是冰天雪地，都要有坚持做乞丐的决心与信心。乞丐工作时间一般每周1~2天，待遇：每月发工资3000元整。备注：乞讨来的钱物归乞讨者所有。

启事张贴出去不久，应聘者如潮涌。富人面对应聘者会问一个问题，比如面对眼前这位近70岁的应聘者，他问："请问您为什么要来应聘？"这位应聘者回答："我被儿子媳妇赶出家门了，生活无着落，所以来应聘。"富人听了这回答后，就走到应聘者的面前，从口袋里掏出一沓钱递过去，说："您请回吧，您不适合做乞丐，这点钱您拿去花吧。"

富人就是这样子的，无论是谁，他都会问一个差不多相同的问题，然后非常认真地听对方说，然后说声不合适，就送钱给应聘者，还送其到门口。

这天来了一位应聘者，穿得非常破烂、肮脏，完全跟电影电视上演的乞丐一模一样，那说话的语气，那眼神，那手势，那走路的样子，简直就是人们心目中的乞丐。富人看了后也觉得满意，便问："你为什么来应聘乞丐？"应聘者说："我是乞丐当然是应聘乞丐啊！"富人又问："你做了多少年乞丐了？"应聘者回答："人类自从有乞丐起，我就开始做乞丐了。"富人听了这话后，就哈哈大笑，问："你是演电影电视的吧？"应聘者回答："您真好眼力！"富人说："你请回吧，我不需要你这样的乞丐。"应聘者反问道："请问，现代这个社会难道还有真正的乞丐吗？"富人想了想回答："没有了。"应聘者说："就是嘛，我现在这样的乞丐正是当今社会真正的乞丐！"富人会心地微微笑了，说："你说得对，但是，你不是我所要招聘的乞丐。"

送走这位应聘者后，富人心里在想一个问题：我所要招聘的乞丐真的还会出现吗？如果出现了，我会认识他吗？富人想到这里，就有些沮丧了。毕竟为招聘这个乞丐花费了不少精力与钱财了。

这天来应聘的乞丐，竟然是坐奔驰车来的，穿得非常体面，西装革履，皮鞋锃亮锃亮的，还气宇轩昂地走到了富人的面前。富人心里虽然非常意外，但还是很平静地问："你为什么要来应聘乞丐？"应聘者回答："跟你心里想的一样。"富人一惊："我心里想什么了？"应聘者回答："想你的儿子。"富人眼睛忽然一亮："你怎么知道我在想儿子？"应聘者回答："因为我跟你一样。"富人说："说来听听。"应聘者说："再过半年儿子要面临中考了，考得好坏直接影响到好学校的录取，当然，也完全可以花些钱上好学校的。问题是，上好学校也得有好成绩啊，否则，我的脸面往哪搁。你说是不是？"富人频频点头称是。

富人很兴奋，于是大声说："你被录取了。"应聘者却提出了一个条件："且慢，我有一个要求。"富人说："请说。"应聘者说："请你也成为我要招聘的乞丐。"富人听了这话，愉快地伸出手去，紧紧握住应聘者的手："好！一言为定！"

两位富人为了儿子的前途，成了对方招聘的乞丐。

这个周末，儿子要回家来。富人让乞丐待在家门口附近。富人跟儿子一起来到乞丐的眼前。富人悄悄地告诉儿子："这乞丐因为小的时候不好好学习，才导致老来做乞丐的，真可怜啊！"

儿子听了富人的话，蹲下身子去抓住乞丐的手，问："老爷爷，你收徒弟吗？"富人大惊，乞丐也大惊。富人连忙给乞丐递了个眼色。乞丐对富人儿子说："做乞丐有什么好的，多苦啊，你看我已经活到七十岁了，还要乞讨为生，吃不饱，穿不暖。"富人的儿子却说："老爷爷，你真不知道我有多苦啊，一天到晚学习，做没完没了的作业，一点自由都没有！如果您收徒弟的话，我想跟您做乞丐。"

富人怎么也没想到他辛辛苦苦想出来的招数，竟然是这样的结果。他狠狠地瞪了儿子一眼，慌忙地拉起儿子的手，快步地离开了乞丐。

同学聚餐

张宏一下汽车就有五六位同学迎上来，争先恐后地接过他手里的行李。男同学还搂着他的肩头拍拍说："张宏，手续要明天办了，今晚上我们好好喝一杯！"张宠笑笑说："好啊！"张宏也非常乐意，这是一个非常难得的机会，可以跟同学们交流交流教育上的一些事。张宏支教山区快三年了，组织上按规定准备让他回县城工作，明天去办理相关手续。

到了酒店，包厢已经订好，女同学也点好了菜，都是张宏喜爱吃的。"张宏，想当年你当班长时这些聚餐的事都是你张罗的。"张宏笑笑，没有说话。"张宏，这下子好了，我们班分到龙城的人全到齐了。""就是啊，一直缺你。"班里的同学来龙城工作的，大都在县城中学教书，唯有他到很偏远的贫困山区村小教书。

酒席上同学们的兴致非常高，跟以前一样，要求每个人说说最想说的事。张宏想，这正好把心里想说的话全说出来。在这三年的支教时间里，差不多跟外界隔绝了。

首先说话的是李同学，李同学先跟大家碰了一下酒杯，然后一口喝光了酒。他抹抹嘴巴说："要说我啊，这三年来最想说的，就是竞争教导处副主任失败的事。嗨！那个惨啊，真让我无脸见各位弟兄了。本来这职位是铁板钉钉的，反正该花的钱都花了，不该花的也花了，结果，半路杀出一个程咬金，弄得血本无归啊！"

"就是啊，你老爸老妈好像把养老金都提出来了。""我对不起老父母亲啊！""其实，这也没有什么对得起对不起的，毕竟对手比你强嘛！""听说对手是副县长的亲戚。""是的。"李同学的眼睛湿湿的，含泪又喝下了一杯酒。

这时有同学说："芳菲本来也要来的，今天正好出国购物了。""她可是大大地赚到了。""芳菲不就是那个班花嘛。"张宏突然想起来了便插话道。"就是啊，那时候，你好像跟她打得很火热的。"张宏连忙否定："不是的，我们只是好朋友。"有同学说："她如果跟你好就亏大了。""前几天我遇到了她，看她那副幸福的样子，真让人眼红。""那还用你说，她得到了一幢价值三百万的别墅，还有一张随时都可以刷的金卡，换成谁都会眼红的。""让你爹妈给你弄成芳菲那样漂亮不就行了。""看你话说的！""呵呵……"

张宏听明白了，芳菲大学毕业分到县城中学教书不久，就被一位大老板看中包养了，大老板出手非常大方，送给芳菲一幢价值三百万的别墅，房产证上的名字是芳菲的名字。芳菲过着贵族般的富有生活。

杜同学说："你们这些男人不要笑，其实，如果有哪位老板想包我，就算没三百万的别墅，哪怕三室二厅的房子也行，只要不工作有钱花有卡刷，管他是什么呢？天下的男人都是一样的，都不是什么好货色！""杜莉，你怎么能这样说我们男人？我们这些同学虽然做不了你的男人，但你也不要这样说我们男人吧。""就是嘛，杜莉，如果哪一天真发了，我一定让你做我的二奶，不！谁知道那时候是几奶了呢？哈哈哈……说不定那时候你已经人老珠黄了啦，想做几奶都困难了哦！"杜莉立即起身去打这位男同学。

就在杜莉去打同学时，洪同学说话了，他说："告诉你们一个好消息，我要调局机关了，给我安排了一个副主任的职位，让我先干着再说。""洪波啊，我们这些兄弟姐妹全仰仗你了，你快点当上局长吧，当上局长了，说不定我们这些同学当中的谁谁会当你的情人了。""不是谁谁，是我们美丽多情的杜莉小姐嘛！"杜莉又去追打说这话的男同学。

看着同学们在说在闹，好不开心啊！张宏也很想告诉同学们这三年来支教的故事，他的10个小学生当中，有一人的作文获得了县里作文比赛三等奖，有一人的数学成绩进入全县同年级学生前一百名，还有美术还有英语，成绩都比以前好了很多很多。这些都是他引以为豪的事，也是非常想对同学们交流的事。可现在他怎么也说不出这些话来了。

酒席散了后，同学们要他一起去唱歌跳舞。张宏说："对不起啊，我的头有些痛，你们去好好玩吧。"当晚，张宏一夜没合眼，想了很多很多的事。

第二天早上起来时，阳光非常灿烂。张宏整理好行装，便去教育局。他的口袋里装着早上写好的申请书，上面有一句话是这样写的：请同意我再支教三年。

画蝴蝶的小女孩

早上去上班，见楼下水泥地上，邻居的小女孩正专心地在画蝴蝶。显然，蝴蝶画得不是很像。不过，画得红红绿绿的，还蛮好看呢。

"小朋友，你画得真不错。它是什么蝴蝶呀！"

小女孩抬头望望我，眨眨那双稚气的大眼睛说："它叫枯叶蝶，可美啦！"

"是吗？你怎么知道它是枯叶蝶呢？"我试着问。

"爸爸告诉我的。可惜它快要没有了。"

我心里一怔，又听小女孩说："叔叔，你知道它为什么会没有吗？"

"我……"说心里话，我不知道，连枯叶蝶是怎么样一类蝴蝶也不知道。我有些尴尬。

到了单位，我想到了那小女孩，想到那快要消失的枯叶蝶，便忙去查找有关资料。枯叶蝶，生长在四川峨眉山，是蝴蝶家族中最为美丽的一种，是我国独有的珍稀品种。当枯叶蝶合起翅膀的时候，很像树枝上的一张干枯的树叶，极为美丽，让人感到有一种与自然浑然一体的艺术境界。正因为如此，有人就大肆捕杀，制成标本珍藏或贩卖获暴利。目前，已濒临灭绝了。

"难怪小女孩要画它呢。"我对小女孩有了新的认识，也有了几分敬意。

回家时，见小女孩仍在水泥地上画，她正用不同色彩的蜡笔在给蝴蝶着色，不多时，蝴蝶画好了，小女孩便高兴起来，左看看，右看看，眼里放射出快乐的光芒，仿佛蝴蝶真的会飞起来似的。

"小朋友，是你爸爸叫你画的？"

"不！"小女孩说，"爸爸说，我画得再好再多也没有用，变不成真的。"

是啊，画毕竟是画。况且，小小年纪的她是左右不了那些捕杀者的。

忽然，小女孩很认真地对我说："叔叔，我有办法让它变成真的。"

"快说给我听听。"

只见她叉开双腿、张开双臂，挺胸昂首，做着蝴蝶飞翔的动作："我就变成一只大大的枯叶蝶，在天空中飞呀飞呀……"

我的眼睛顿时湿润起来，抱起小女孩认真地说："叔叔也变成一只大大的枯叶蝶，和你一起飞呀飞呀地飞，你看好不好？"

"好！"小女孩高兴地笑了。

夜里，我梦见我和小女孩真的都变成了一只大大的枯叶蝶，快乐地在天空中自由飞翔……

生日礼物

窗外的枫叶红了，有个小女孩在拾枫叶。红红火火的枫叶，在阳光下闪着金光。

女孩拾了好多了，仍在仔细地挑拣。她说要把枫叶送给在边疆当解放军的爸爸。

我顿时对女孩有了深深的敬意，多可爱又懂事的孩子啊！

这时，走过来一位漂亮的少妇，她对女孩说："晶晶，快回去吧，护士阿姨要给你打针呢。"

原来，女孩是住院病人。回到办公室，我便去查问女孩的病情，当得知女孩患的是白血病时，我的心一下子像跌进了深渊："怎么会是这样呢？"

接下来的日子，我去外地学习，三个月后回来上班时，我又想起了这个患白血病、捡枫叶的女孩。我来到病房，女孩依然在。只见她妈妈强作笑容在劝说："晶晶，别哭，你别哭，头发会长出来的，一定会长出来的，会比以前长得更长更美的。"

"不！"女孩将手里的玩具往地上一掷，"妈妈，我要，我现在就要嘛！"就呜呜地哭，就去扯妈妈一头漂亮的长发。

由于化疗和药物副作用的原因，致使女孩乌黑发亮的长发全部脱落。为这，女孩不吃不喝已经好多天了，她妈妈想尽了办法，都不能使女儿那颗受伤的心愈合。我见状心里也很不是滋味。

那天很冷，封着冻，下着雪，女孩的妈妈戴着绒线帽，围着一条红围巾，拎着一只生日蛋糕，匆匆地朝病房走来。她一进房间，就俯身对女孩说：

"晶晶，今天是你的生日，快起来吃蛋糕。"

"我不要，我不要。"

女孩捂着被头叫道。

"晶晶，听话，你看，爸爸也给你寄生日礼物来了。"妈妈仍耐心地劝说。

女孩这才露出了眼睛望着妈妈委屈地说："妈妈，我要长长的头发，我不要爸爸的生日礼物。"

"妈妈知道，但你也应看看爸爸的礼物啊！"

女孩勉强接过爸爸的生日礼物，原来是爸爸的一张照片。女孩一下子呆了："妈妈，爸爸怎么会……"

妈妈笑笑说："爸爸这是爱你嘛！"

"爸爸的头发会长出来吗？"

"会的，爸爸说你的头发也一定会长出来的。"

女孩笑了，望着妈妈又问："妈妈，那你也和爸爸一样爱我吗？"

"爱呀，当然爱你。"

妈妈非常坚定地说："晶晶，你看——"

妈妈说着摘下围巾和帽子，女孩怎么也不敢相信自己的眼睛，妈妈漂亮的头发不见了。

女孩望着妈妈，好久才动情地叫起来："妈妈！"就扑进了妈妈的怀里。

你好

"你好！"一声亲切平和的问候，让我惊喜得没反应过来。这可是院长对我的问候啊！这可是自从我到医院做临时工三年来，第一次得到院长的问候！

这院长是新调来的。

当时我还蹲在水泥地上铲牛皮糖，听到院长的问候声，连忙转头望了望院长，院长微笑地看着我，好像在等待我的回应。为了礼貌，我只好站起来，可能是用力过猛吧，站起来时身体往前冲了冲，正好冲撞到院长身上，不料院长没站稳，被我冲倒在地。只听到院长"哎哟"地叫了一声，还听到了脑袋撞击地面的声音，很沉闷，很有质感。地上刚好全是污水，院长就躺在污水中了。

这下还了得，我吓得魂都没有了，连忙伸手去拉院长，可院长的手没有向上伸，我抓了一个空，脚下一滑，就跌下去了，刚好跌倒在院长的身上。我的头枕在院长胸脯上，睁大眼睛望了望，望见了院长的下巴，还有院长的鼻梁，高高地坚挺在那里，像一个小山头。

院长没有发出声音，我觉得奇怪，院长怎么不呼叫，不吭声？我爬起来了，院长还躺在地上没动。我蹲下身子去拉院长的衣袖，嘴里轻声地叫唤："院长，院长……"院长没发出声响，也不动一下，眼睛闭得紧紧的。我的脑海里突然出现一个念头：院长是不是……那个了。

这下子我慌了，心怦怦地狂跳，急忙喊叫起来："来人哪！快来人哪……"只几秒钟时间，院长身边就围了好多人。院长被抬进了急救室。这抢救的过程，我就不知道了。

后来的几天时间里，我多次被副院长找去谈话，谈话的内容，就是要我把当时的情况叙述一遍。叙述完后，副院长还会问一个问题："你所说的属实吗？"我发誓道："如果有一句假的话，就不得好死！"副院长摆摆手说："别说得这么严重。"我严肃道："我用良心说话。"副院长不再问话，让我出来。我知道自己罪孽深重，如果院长不来问候我，就不会发生这样的事故了。院长完全是为了关心我啊！公安也来找我了解情况，还做了详细笔录。公安曾经怀疑我有作恶的地方。

面对公安的怀疑，我一点也不害怕。问完话，我来到草地上，仰望天空，看着小鸟在自由自在地飞翔，忽然鼻子好酸，想哭，真的，要知道，院长还在重症监护室抢救，还处在昏迷之中。我听医生说，院长要抢救过来，很难很难，有医生说院长的生命也没几天时间了。院长至今没睁开过眼睛，更没半句言语。那声"你好"很有可能成为院长最后的声音。院长最后的声音却让我这个临时工听到了，我感到很紧张，很恐怕。我不知道这意味着什么，更不知道院长那天为什么要问候我。

院长还是要去了，要去他的天国了。院长要去的那天晚上，副院长找到我后非常诚恳地问："你觉得院长这样走了可惜吗？"我回答："可惜。"副院长又问："院长这样走了他的家人是不是特可怜？"我回答："是的。"副院长又问："你希望院长走得好一点还是差一点？"我大声地回答："我当然是希望他走得好一点。"说到这又连忙补充说："这不是我能决定的。"副院长却说："这个真的是由你来决定的。"我大惊，眼睛瞪得大大的。副院长的想法终于和盘托出，说这样对院长本人和家人都好。

院长终于走得好一点了，院长是扶我时跌倒的，而不是被我冲撞倒地的。院长做了好事，成了模范，成了英雄。院长走时的表情很安详，没有半点痛苦。这是医生告诉我的。医生还说，副院长把上级的嘉奖决定在院长的病床前宣读了。院长听了后就走了。走得比较果断。

院长走了后不久，我也不再在这家医院做了。尽管没有负任何责任，尽管副院长，不，现在是正院长了，他让我留下来，还说准备给我转成正式工。我说声"谢谢"后还是离开了。离开前，我特意站在院长被我冲倒的地方，抬头望望天空，低头看看地面，觉得这地方跟其他地方没两样，都是同一个蓝天下，都是硬硬的水泥地。当时在我的脑海里忽然跳出两个字来，于是，我闭上眼睛，也亲切平和地问候了一声：你好！

抢来的初恋

同事李明请我吃饭，我有些意外。

李明脸红红地说："想请你帮我出出主意。"

我顿时来了精神，问他看中了哪个姑娘。李明说喜欢上了县中刚分配来的老师张丽，不知道如何下手才好。我和李明都是县医院的药师，工作多年了，都没有女朋友。

喝了李明敬的酒，吃了李明点的菜，得拿出主意来。于是我问："她喜欢什么？"

李明说："喜欢看书，喜欢听音乐。"

我想都没有多想就说："非常简单，借书给她！"

李明却说："可我没有什么书，又不知道她喜欢看什么样的书。"

我满有把握地说："女孩子嘛，都喜欢看爱情小说的。"

李明想想有道理，满脸高兴。

过了几天，李明来找我，问我有没有《围城汇校本》这本书。我说有啊，李明说张丽想看，他怎么也找不到。我二话没说就借给他了。李明谢个没完。看样子，李明的爱情正在往前发展。

那时候，我对文学非常感兴趣，梦想能成为一名作家，所以业余时间参加汉语言文学专业的自学考试，准备打好基础后再搞创作。但课本里有些题目不太会做，只好去学校请教教语文的赵老师。那天去时，办公室里只有一位陌生的姑娘。当她抬起来头时，我心里咯噔的一下：哇！长得好灵秀啊！水灵灵的一双大眼睛，如同一湖碧水，纯净，透明。

姑娘很大方地问我："你找谁？"

我脑子里飞快地转动起来，嘴里连忙回答："我，我找你啊！"

"你找我？"姑娘感到很意外。

这时，我心里平静了许多，我说："请教你几个问题行吗？"

姑娘有些莫名其妙，看着我问："什么问题？"

我把书翻开来，说了要请教的问题。我怎么也没有想到，她竟然一一做了回答，还说如果以后有不懂的地方，可以去找她。

我嘴里说了很多感激的话，正要告退时，却发现她桌上那本书有些面熟，于是随手拿了起来，竟然是我的——李明借去的那本《围城汇校本》。原来她就是张丽。

我故意叫道："没有想到，真的没有想到，你看的这本书竟然是我的啊！"

张丽连忙说："谢谢你！这本书真好！"

我又故意地说："哦，是他向我借的，原来是这样的啊！"

张丽连忙脸红红地说："不是的，真的不是的。"

我忽然笑了，真的是在心里笑了，我说："不是什么？那是什么呀？"

张丽的脸更红了，也一下子和我近了许多。我就很知趣地告辞了。

过了三天，我又去了学校。因为我侦察到赵老师去了市里。果然，只有张丽在。

不用多说，我的一些问题都请张丽来回答了。张丽是中文系毕业的高才生。当然，更多的还是谈一些《围城汇校本》里的趣事。

张丽有些感触地问我："你说钱钟书是不是看透了婚姻的本质，才会说'围在城里的人想逃出来，城外的人又想冲进去'。"

我说："其实，进去与出来的本质是一样的。"

张丽问我为什么。我说："这是人的本性。"

"难道每个人都会这样的吗？"张丽问。

我说："不一样，这要看个人的修养如何了。"

张丽眼睛盯着我问："如果是你，也会一样吗？"

我笑了，却笑而不语，直到后来和张丽谈上恋爱了，我也没有回答她这个问题。其实这个问题只能感悟，是没有办法回答彻底的。

和张丽恋上后，最大的不安就是如何面对李明，因为我抢了他的心上人。

张丽安慰我说："我又没有和他谈过什么，你怕什么呀？"

可我还是有些担忧，毕竟李明是我的同事，又请我吃过饭，喝过酒。我得想个法子才行。同样，我也做好了最坏的打算，大不了被臭骂一顿，再大不了被打一顿。

那天，我就请李明喝酒，他却什么话都没有说，只和我一杯酒一杯酒地喝，喝到天昏地暗时，还是一句话也没有。我有些急了，非常坦诚地说："李明，你如果觉得骂我一顿，心里会好受一些的话，就狠狠地骂我吧。"

李明狠狠地瞪了我一眼，又举起酒杯，一干而尽。

我鼻子酸酸的，心里很难过，夺下李明手里的杯子，央求他说："李明，你别喝了好不好？你想打我就打吧，哪怕打出血打伤了，我也绝不怪你！"

李明看着我，眼睛一点一点地大起来，红起来，忽然低下头去，又猛然抬起头来，眼睛湿湿的，大声地责问我："你说我打骂爱她的人，这跟打她骂她有什么区别？"

我紧紧抓住李明的手，感动得什么话都说不出来，眼睛里全是泪水。

我有病

失忆人刚走到湖边，就听到有人喊："救命……"

失忆人急忙奔过去，一眼就看到了落在湖里的女孩。失忆人来不及脱衣服就要往湖里跳时，却被一位年轻人制止了："你不能下去救！"失忆人急着说："我不下去救，那你快下去救啊！"年轻人回答："我也不能下去救。"失忆人火了："我不能下去救，你又不能下去救。这女孩，你让谁去救？"年轻人就说："领导去救。"

失忆人见有位领导模样的人正在活动筋骨，便过去急火火地说："你快跳下去救啊！"领导却白了他一眼。年轻人忙过来解释说："电视台记者还没到呢。"

失忆人见湖里的女孩的身子在一点点地往下沉，就"嗖"地弹跳起来，"扑通"一声跳进湖里，扑向女孩……失忆人一把抓住了女孩的衣领，抓得牢牢的，抓着女孩拼命往岸边游。

失忆人刚把女孩拖上岸，还没站起身来，就被年轻人一把抓住衣领提了起来，狠狠地对他喝道："叫你别救别救，你，你逞什么能？你有病啊！"

失忆人连声说："对不起！对不起！"只好撇下女孩落荒而逃，还没逃到家，就见护城河边聚集了好多人，觉得好奇，就挤了进去。

河里有一位年轻人在挣扎，岸边好多人在看着，还有电视台记者，镜头对准河里的年轻人，主持人还在说："各位观众，刚才有一位年轻人不慎滑落到河里，因不会游泳，便在河里喊'救命'，可是三分钟时间过去了，还没有人跳下去救他，这让我们很失望。现在我采访一下岸上的看客，听他们是怎么说的。"

失忆人不再看记者，眼睛紧紧地盯住河里的年轻人——在吃水了，在做最后的挣扎了。失忆人心里喊了一声："不好！"就一个猛子扎进了河里……

失忆人的头却被撞得好痛，撞到了河床。原来河里的水很浅，不到半米深。河里的年轻人站起来，对失忆人恶狠狠地骂道："你有病啊，你不知道我在拍电视？"

失忆人木然地站着，听到了岸上的人在"哈哈哈"大笑，有人说："这人真笨，他怎么不知道在拍电视呢。""是啊，怎么不问一问。""就是，要我说啊，这人肯定有病！"

失忆人捂着被撞痛的头爬上了岸，正要离开时，却被记者拦住了。记者问："请问你不知道这里在拍电视吗？"

失忆人答："不知道。"

记者问："你知道你这一跳要损失多少钱吗？"

失忆人答："不知道。"

记者说："你知道不知道，岸上的人都是花钱请来的，因为重拍得拖长时间，就得多花钱，还有在河里的明星，重拍一个镜头，就得花5万块钱，你真是太冒失了！"

失忆人愧疚万分，脸红红的连忙道歉："对不起！对不起！真的对不起……"

记者见失忆人这么真诚，就挥挥手，让失忆人走。失忆人刚走了几步，就被一位男子挡住了去路。

男子说："拿钱来。"失忆人很意外，眼睛盯着男人，不知所以。男人说："难道你不知道破坏拍戏现场要赔钱吗？"

失忆人这才连忙解释："我不是故意的，真的不是故意的。"

男人冷冷地说："我不管你是故意的还是无意的，反正结果就是你破坏了现场，戏得重拍。"

失忆人只好如实地说："我赔不起这么多钱。"

男人说："你有多少钱？"

失忆人急忙掏口袋，掏了半天只掏出六百多块钱来。男人一把夺过去，愤愤地骂道："你给我滚得远点！他妈的算我倒霉！"

失忆人快速地离开了江边，他很难过很委屈，真的很难过很委屈，他边走边往肚里咽着泪水。到了家门口的池塘边，失忆人见一只小狗在池塘里挣扎，还"吱、吱"地叫得很凄惨。失忆人跳进池塘，把小狗救上了岸。这一幕刚好被路过的电视台记者拍到了。

记者是个美女记者，手持着话筒问失忆人："这位先生，你救小狗的行为，真让我们感动。这说明你很有爱心，请你谈谈爱护动物的感想好吗？"

失忆人面对着镜头非常抱歉地说："对不起，我有病！"说着，就自顾上楼了。

评选好人

失忆人被领导扣罚了钱之后，心里老大不高兴。肖医生让他出去旅游，放松放松心情。这不，失忆人请了假，便去旅游了。

失忆人刚到旅游目的地，就收到肖医生的手机短信："你明天务必赶回单位报名参加评选好人的活动，否则将取消评选资格。"

当晚，失忆人登上了回家的车，第二天中午进入龙城地界，不料，客车为躲避迎面驶来的卡车，翻落到江中。好在失忆人没有受伤，趁江水还没有溢满车厢时，砸碎窗户，逃上了岸。惊魂未定，江里有人在喊救命，失忆人扑到江里把那个人救了上来，又听有人在喊救命，再次冲到江里救人，再后来失忆人就不知道了……

醒来时，失忆人发现自己躺在病床上，身边围着好多人。有记者采访失忆人："听说您一口气救了三名落水的旅客，因体力不支差点被江水冲走，请谈谈您的英勇壮举好吗？"

"我，我……"失忆人忽然说，"我想评上好人！"

失忆人今天必须赶到单位，否则就没有资格参与评选好人了。

"什么？您说评上什么好人？"记者莫名其妙，摸不着头脑。

失忆人一骨碌从床上起来，冲出医院，身后却传来记者的问话声："您是哪个单位的？"

失忆人没有理睬记者，急不可待地赶到单位时，早已过了下班时间。在公示栏里，失忆人看到了一张评选"好人"的通知。单位好人评选委员会经过公开征求意见，反复讨论，终于形成了评选好人的条件，与其对应的评选和奖励办法。

评选资格：凡是本单位在职职工都可参评，受纪律处分未满期限的除外。

评选档次：评选的好人将分为7品14个档次，一品分为一品大好人和一品好人……七品分为七品大好人和七品好人。

评选奖励办法：一品大好人10000元，一品好人8000元……七品大好人400元，七品好人300元。

评选参照办法：正领导为一品大好人，副领导为一品好人；部门主任为二品大好人，副主任为二品好人……有初级职称的为七品大好人，没有初级职称的职工为七品好人。

附录：参加评选名单如下：

…………

失忆人一口气看了三遍，没有他的大名，"我，我，我评选好人的资格真的被取消了。"

这，这怎么行呢？如果我不是好人，那岂不是坏人了？！

失忆人心一急，汗就出来了，连忙跑着去人事科长的家。

科长一见失忆人就大声责骂："你去做什么了啊？到现在才来。单位都报名了，只剩下你一个人。现在这个时候来报名，你让我怎么办？"

失忆人连忙道歉："对不起！真的对不起，路上堵车了。"

科长表情冷冷地说："你给我讲这些有什么用？我不能给你报名了。"

失忆人苦苦哀求，"科长您让我报吧，否则成坏人了怎么办？"失忆人的眼泪都出来了。

科长有些同情地说："不是我不给你报名，那份名单已经送到张副领导那里去了，要么你去找找他吧。"

失忆人谢过科长，一路小跑敲开了张副领导的家门，可张副领导不在家。

失忆人问张夫人："请问您知道张副领导在哪里吗？"

张夫人说："下班时说不回家吃饭，我也不知道在什么地方。"

失忆人只好告辞了，他从手机通讯录上找张副领导的手机号码，找了半天也没有，便急火火地跑回到单位，终于在办公室里找到了，一个电话打过去，"嘟、嘟、嘟"地响了老半天，也没有接，再打时却关机了。

没有办法，只好直奔饭店，失忆人相信张副领导肯定在吃饭。只要有耐心，就一定能够找到。失忆人一家又一家地找，一个包厢又一个包厢地询问，把县里所有的饭店都找遍了，也没有张副领导的身影，失忆人找得筋疲力尽，肚子也饿得贴在背脊上。

失忆人坐在酒店的石阶上，眼泪默默地流出来，失忆人知道时间已经过12点了，就算找到张副领导，那又能怎么样呢？已经没有希望评上好人了。

第二天的市报上有写失忆人英勇救人的事迹，还有失忆人救人的照片。

当天，单位"好人"评选委员会经过一天一夜通宵达旦的讨论，终于形成一致意见：鉴于失忆人英勇救人的壮举，特破格批准失忆人同志为七品好人，奖金待遇与七品大好人同。

救人

就在失忆人左右为难时，忽然看到两条路的中间有一条很小的路。小路被柴草盖住了。失忆人就大步地往小路走去，把果子丢在了路边的草丛中。

失忆人走了很长的时间，终于看到了一个村庄，他又喜又惊，忽然听到从远处传来呼喊声："救命！救命哪！"

失忆人当即奔过去，就在他奔过去时，已经有很多人奔过去了。失忆人被远远抛在了后面。待失忆人靠近时，有很多人"扑通、扑通"地跳进塘里救人。

失忆人很感动，可是，失忆人发现岸上只有他一个人，凡是来救人的人都跳进水塘里了。失忆人很纳闷儿："这救的是什么人？用得着要这么多人救吗？"

正这样想着时，有人拍了他一下肩头，道："你为何不下去救人？"

失忆人回答："救人的已经很多，我在岸上拉他们一把。"

这人没回应失忆人的话，衣服也没脱就跳进水塘里去了。

水塘里的人越来越多，不时有人跳进水塘里救人，没有多少时间，村里男女老少都跳进水塘里救人了。

电视台记者来采访时，村长刚好从水塘里把最后一个人拖上来。

失忆人便接应落水者上岸还把他安顿好。

漂亮的女主持人问村长："请问，今天有多少人参与了救人活动？"

村长非常自豪地回答："除了生病的除了走不动路的，全来了！"

漂亮的女主持人问："这是你发动的还是自发地来救人的？"

村长非常自豪地回答："当然是自发来的啦！"

漂亮的女主持人转过身来问失忆人："请问一下这位先生，你的衣服怎么没湿？"

失忆人回答："我没有跳进水塘里救人。"

漂亮的女主持人显得非常吃惊："什么，你说什么？你没有下去救人？"

失忆人回答："是的，我没下去。"

"这太不可思议了，真是太不可思议了！"

漂亮的女主持人又问失忆人："你为什么不下去救人？"

失忆人回答："我看水塘里救人的已经很多了，所以没有下去救人。"

漂亮的女主持人更意外了，以埋怨的口气说："你怎么能这样呢？你知道不知道，下去救人的人有好多人是不会游泳的！"

失忆人非常不解："既然不会游泳，为何还要下去救人？"

漂亮的女主持人说："我告诉你，今天跳进水塘里救人的有一半以上是不会游泳的，但他们都做出了非凡的英勇创举！"

失忆人很惊讶，很感动。

漂亮的女主持人很有感情地说："正因为有他们这种不怕死的大无畏精神，才会有今天我们村里的和谐社会！正因为有一人有难百人相救的情景，才会有这种可歌可泣终身难忘的场面！"

失忆人自愧不如，愧疚地低下了头。

漂亮的女主持人又问："如果水塘里有一个人在喊救命，你会不会跳下去救？"

失忆人一时很难回答，如果很会游泳的话，当然会马上跳下去救人，问题是不太会游泳啊！

漂亮的女主持人见失忆人不语，便问："你是不是很难回答？"

失忆人马上回答："不是的。"

"那你告诉我，你会不会跳下去救人？"漂亮的女主持人说。

失忆人如实相告："我不太会游泳，要看实际情况。"他在龙城救人救怕了。

漂亮的女主持人却问："难道你没有想救人的念头？"

失忆人断然回答："有！"

"这就对了，既然有救人的念头，就应该跳下去救人！"

"可是，可是……"失忆人还没有说清楚，话头就被漂亮的女主持人打断了。

"你现在就跳下去救人吧。"

失忆人惊愕："这，这，可是，可是，人都已经救上来了啊！"

"是的，人刚才已经救上来了，但你没有参与。"

失忆人争辩说："我参与了，在岸上拉落水的人。"

漂亮的女主持人说："这不能算的！"

失忆人手指着水塘说："可水塘里没有人啊！"

漂亮的女主持人说："你就当有好了。"

"可是，可是……"

漂亮的女主持人严肃道："如果不跳下去救一回人，你今晚别想进我们村！"

村民们身体湿淋淋地围住失忆人，表情非常严肃，拳头捏得紧紧的。

失忆人一步一步地退到了塘边，回头望了一眼混浊的水面，双脚就滑进了水塘……

村民们争先恐后"扑通、扑通"地跳进水塘去救失忆人。

晚上，失忆人跟村民们一边喝着酒，一边欣赏着电视。电视里正在播放全村人救他的感人场面。失忆人看得眼泪都出来了，便大喝一声："这救人，真好！"

修剪人生

病了整整一个冬天的我，终于想去田野走走看看了。因为春天来了。

你看，前面那块空地上，老农已经在移栽茉莉花苗了。

当我走过去时，老农正蹲着在专心地弄一棵枯死了一半枝杆的花苗。他很小心地将花苗从盆子里取出来，轻轻地除去连根的泥土，然后非常细心地修剪那些枯死的枝杆，又将烂根通通剪掉，对尚好的长枝长根也做了适当修剪，最后，他将盆子里的剩土倒干净，用新土种上花苗后，就浇上清水，把它放在空地的尽头。

老农做完这一切后，才发现我在他身边默默地看着，于是说："春天来了，如不及时修剪、移栽，就会彻底枯死的。"

我心里忽然感到惭愧，自己不正像那棵枯死了一半枝杆的花苗吗？去年由于处事不慎，工作上遭受到严重的挫折，以致整整一个冬天，卧病在床，就是不肯起来，不愿出去，认为自己不可能再有出路了，更不可能会有辉煌灿烂的时候了。

于是我有些脸红红地问："老伯，如果花苗的枝杆全部枯死了，根还活着，它今年还会有花朵吗？"

"有，有！"老农非常肯定地说，"只要根没死，就会抽出嫩苗，就会开花的。"

我心里顿时就亮堂起来，是啊！我应该像那棵枯死了一半枝杆的花苗那样，对过去的不幸和挫折，必须彻底地修剪干净，不必再去悔恨，更无须悲伤，而应积极投身到新的生活环境中去，真正地去感受春天的美丽！

想到这里，我精神十足地对老农说："老伯，让我也来修剪好吗？"

老农望着我爽朗地说："那敢情好，那敢情好！"

就这样，我一直干到夕阳西下，才依依不舍地与老农告别。

朋友

马医生原来不是余老师的朋友，后来之所以成为朋友，是因为马医生他们这家医院是余老师他们学校的定点医院。

余老师扭了脚闪了腰破了皮出了血什么的，就去找马医生诊治。马医生是外科大夫，这样一来二往，看病，诊病，余老师和马医生就相熟了。相熟了，时间久了，就自然成了朋友。过年过节时相互还礼尚往来呢。

那是个阳光明媚的午后，余老师又去找马医生，说是肛门在滴血，是不是患痔疮了？马医生说，那是肯定的。他也没有给余老师做肛门检查，就开出了处方，说先用"马应龙麝香痔疮膏"擦擦再看吧。

过了半个多月，余老师又去找马医生，说药膏擦完了仍不见好，该换好一些的药了吧。马医生说，行。说着话就给余老师开了"荣昌肛泰"。

余老师按马医生的治疗方案用完"荣昌肛泰"。肛门的滴血仍不止，便又去找马医生。马医生说，别性急，会好的，我给你开几盒进口的"痔根断"吧。余老师就感激地说，那谢谢你了。

余老师吃完"痔根断"，肛门仍在滴血。他觉得不可思议，仍去找马医生。他是绝对信任医生的医术的。结果，值班的是另一位医生，姓李。李医生问明余老师的病情后，就用镊子从清毒盘里挟出一副手套来，说要给余老师做肛门检查。

余老师说，检查肛门做啥？脏兮兮的，反正是痔疮，李医生你就免了吧。

李医生声音有些重地说，那怎么行？无论是哪种病，做检查是必需的。

余老师只好脱下裤子，任李医生检查。

检查后，余老师说，没事吧。李医生只是笑笑，问余老师，你以前做过检查没有？余老师回答，没有。

哦。李医生应了一声，就没有再问，洗好手后，就很平静地对余老师说，你得去做个化验呢。

余老师说，化什么验，麻烦得很。李医生却认真了，那不行，这是为了早日治好你的病嘛，是非做不可的。

余老师想反正是痔疮，化验就化验吧。

化验结果出来后，余老师惊呆了，这哪里是痔疮啊，竟是直肠癌晚期了。顷刻之间，那巨大的痛楚吞噬着余老师的整个身体和灵魂！

李医生说，如果早点做肛门检查，就不会有这样严重的后果，最起码做手术时可以保住肛门。

余老师听了这话心里更是痛得不能自持，他越想越觉得是马医生害了他，但也只能在儿女面前叹息。朋友有朋友的好处，但朋友也有朋友的坏处。如果不是出于对朋友的信任，何至于把病情延误到今天？嗨！

儿子气呼呼地说，爸，我们应该把实情告诉院方，要求有个说法。

余老师却摆摆手说，那怎么行？马医生总归是朋友嘛，再说这些年来，他也给我治愈过好多病啊，我怎么好意思去告他？！

儿子很不服气地说，难道我们只能忍气吞声了？

是的，只好这样了。余老师很无奈地说。

特制名片

刚下飞机，阿明把行李往家里一放，就匆匆直奔阿健的家。要知道，阿健是他20年前的铁哥们儿，想当年上山下乡时在生产队里还分吃过一块红薯哩！

当然，阿明是拎了两瓶茅台酒和两条大中华香烟去的。

阿健开门后见是阿明，眼睛立即一亮，给他当胸一拳，然后拥着他惊喜道："你这小子去深圳整整八年，也不来个信，你还记得回来？怎么样？发了吧？"

阿明忙说："哪能呢，混混呗！"

阿健抚着阿明的双肩从头到脚打亮了一番，目光却渐渐地变得复杂起来了，又似乎想说什么话但没有说。阿明这才发现自己的衣着皱巴巴的，脏得要命。脸上顿时就有了些窘态，那份刚见面时的热情也消失得无影无踪了。

"哦，阿健，我没给你带什么东西来，这酒这烟，给你的。"

"哈哈哈哈，老同学，你这是……"阿健打断了阿明的话，却没有往下说。"没，没什么的。"阿明结结巴巴地说，仿佛做错了什么事似的。他知道他和阿健之间从来没有送过礼物。

阿健忽然起身对阿明说："好，好，我知道你今天来的目的了。"

阿明心里感到纳闷："他怎么知道我回乡来投资办厂的事？"

阿健便从抽屉里摸出一张烫金名片，它比普通名片要大一倍，也特别精致，镶着金边，有一股淡淡的清香。阿明接过名片才知道阿健已是市计经委计划处的处长了。

阿健打着官腔对阿明说："既然老同学礼物都送来了，我不能不帮你一下了。"

阿明被彻底弄糊涂了，只好拿着阿健的名片伸长耳朵往下听。

"你拿着我的名片去市工程公司，听着，这名片你千万别弄丢了，我是编上了号的。他们会给你安排一个百万元的建筑合同，你如果自己不想做，转手也可以，反正市场上抢手得很，赚它几万不在话下。"

阿明终于明白了阿健的用意，他想立即说明："阿健，我是特意来看看老朋友叙叙旧的，不是来求你帮忙的。钱我有的是。"

可未等阿明开口，阿健抢先堵住了他的嘴巴。

"我知道你想说什么话，你不用说'谢谢'了，我们认识毕竟20年了嘛！"阿健说完就顾自抽烟喝茶，不再理阿明。

阿明顿时就傻待在那里，说不出一句话来，"难道这就是我和阿健20年友谊的价值？难道这就是阿健当处长后对穷朋友的见面礼？"

于是，阿明很认真地对阿健说："谢谢你的特制名片！"阿明把这张烫金的特制名片放在茶几上，拎起那些烟酒，就离开了阿健的家。

过了半年，特制名片在商家争夺中出事了，自然阿健也成了阶下囚。

文章待发

"铃铃铃……"快下班时，小李终于来了电话。

"胡编辑说，事迹感人，文笔优美，是难得的好文章，待发。"

我松了一口气。文章写的是我们医院张医师抢救重危烧伤病人的事。在30多个日日夜夜的抢救过程中，他先后10多次拒收病人家属送的红包，特别是当病人脱离危险后，病人家属含着泪请求张医师无论如何也要收下时，张医师却这样回答她们："如果你们不希望我再救人了，那我会收下的。"

我得知后很受感动，便连夜写了篇"拒收红包，救死扶伤"的文章，请在市里工作的小李帮忙，他认识市报胡编辑。

"小李，文章什么时候可以见报？"

我希望它见报越早越好。

"胡编辑说，这么好的文章，一定要尽快见报，估计两天以后吧。"

"谢谢你！小李。"

我打心里感激他。

"不过……"

"不过什么？"我连忙表态，"文章是不是还需要修改？那没关系，我可以出公差来修改的。"

"不是的。"

"那是什么？你快说啊！"我着急地叫道。

"胡编辑他……他，他暗示要一个红包。"

"啊……"我目瞪口呆，握话筒的手久久放不下来。

符号新解

教数学的姜老师一上课，就对全班学生说："同学们，今天我们教几个新的符号。"

姜老师说完就转身面对黑板，用白色粉笔写">""<"符号。

写毕，她看一遍后回过身来用教鞭指着">"，嘴里念："大于号。"

全班学生便齐声念："大于号。"

姜老师用教鞭指着"<"，嘴里念："小于号。"

全班学生便齐声念："小于号。"

姜老师就两个符号逐个讲解后，在黑板上写了"5"和"1"两个阿拉伯数字，然后提问。"李敏同学，这'5'和'1'之间，应该用什么符号连接？"

李敏立即起立并毫不犹豫地回答："用大于号。"

姜老师赞许地微微点头，并示意李敏坐下，而后询问大家："谁还有不同意见吗？"

姜老师用目光巡视了整个教室，发现张翔举起了右手。

"张翔同学，你有不同意见，请起来回答。"

张翔立即起身回答："姜老师，我认为应该用小于号连接。"

姜老师很意外，心里在想："这是明摆着的常识，这个张翔怎么搞的？"但他还是不动声色地问："张翔同学，你能说说你的理由吗？"

张翔理直气壮地说："因为我爸局里有五个副局长，他们都怕我爸一个人。只要是我爸拍板了的事，哪怕是错了，他们也不敢吱声。所以，我认为'5'与'1'之间应该用小于号连接。"

姜老师和学生们哑然无声。

将计就计

阿山心里对李季很不服气，你李季凭什么都比我顺利，又是提干又是晋职，可为什么倒霉的事总是发生在我的身上？不是摸奖落空，就是竞职失败！

"嗨！"在无奈的叹息声中，阿山一直想看到李季倒霉，也想过能不能用个法子让李季也倒霉一回。

"李季，你他妈的什么时候倒霉呀？我也高兴高兴！"

阿山心里咒归咒，但和李季的交情还是不错的。

这不，星期六又结伴去县城玩了。他们借了辆摩托车，开着去县城，逛了公园，看了电影《爱情谎言》，李季还请阿山喝了酒。阿山心里的怨气似乎少了许多，觉得李季今天的表现不错。

于是他们酒足饭饱后从饭店出来了，阿山骑着车，李季坐在后座上，往城外驶去，在出城不远的马路上发现躺着一位老太太，头上流着血，痛苦地呻吟着，旁边站着几个人，指指点点的。阿山停车后终于听明白了，原来有一辆轿车从老太太对面快速驶来，老太太来不及躲避被撞翻在地。轿车不但没有停车救护，反而逃离了现场。

可怜的是老太太躺在地上10多分钟了，就是没有人把她送到医院里去。

李季见情况危急，就果断地对阿山说："我们快送老太太去医院抢救，否则要没命的！"

阿山却心上一计，故意推托道："我要去还车的，你送她去医院吧！"

李季狠狠地瞪了他一眼，怒吼道："你想滚就滚吧，该死的阿山！"

阿山看着李季背着老太太往医院奔去，心里对李季骂他一点也不生气，反而暗暗的高兴："这真是天助我也！我终于可以看到你李季要倒霉的时候了。"

于是，阿山边骑着摩托车边哼着小调回到家，晚饭也没有吃，特意在李季的家门口等李季回来，等着等着，竟坐在椅子上睡着了。

李季回到家里已是第二天早晨，那时阿山正好醒来了。

阿山一见李季忙问："李季，你刚回来啊？那老太太怎么样？"

李季简略地回答："送老太太进医院后做了手术，没有生命危险了。我还给她预付了1000块钱的住院押金，嗨！真困死我了，我一夜陪着她没睡啊！"

"李季，你真笨，万一那老太太不认账，你那钱不就要不回来了？"阿山替李季担忧道。

李季却说："救人一命，胜造七级浮屠嘛！管它能不能要回来！"

李季说着就倒头在床上睡去了。

阿山心里却暗暗高兴道："活该！看你还要得回来不？！"

阿山在等着李季倒霉时候的到来，所以那些天他格外注意报纸上的新闻，当有一天看到一位出租司机救了一位倒地的老太爷去医院，结果遭到老太爷亲属的揍打和起诉时，阿山如同捡了一只金元宝似的高兴得要跳起来了！

"李季呀李季，你真正倒大霉的时候快要到了！"

是啊！这一天终于来临了——

这天早上镇上突然来了许多车子，从车上下来好多人，当中有警察，也有扛着摄影机的记者，他们找到了李季的家。阿山发现其中有一位很面熟，哦，对了，那不是县长吗？他来做什么？

这时候县长正把一朵大红花戴在李季的胸口上，还将一个厚厚的红包送给了李季。只听县长很庄重地说："李季同志，你这种救人一命的行为，永远是我们中华民族的优秀品质，我们一定要向你学习啊！……"

后面县长还讲了些什么，阿山根本没有心思听了，他默默地从人群中退出来，走了几步后，发觉自己的眼眶里早充满了泪水……

第四辑

最近领导有点烦

掉价

　　请老爸吃饭，是俺跟老爸的约定。早在10年前刚工作那会儿，俺跟老爸说，待俺做了局长，就请老爸在市里最高档的饭店吃饭。俺现在已经是局长了。

　　老爸很高兴，问俺请了哪些朋友作陪。俺便说了。俺说了后，老爸却不愿意去了。俺急了，俺说老爸，这几个朋友是俺最好的哥们儿，都是很有地位有影响力的人，您去了保证让您满意。老爸丢出一句话来，让俺惊恐又不解。老爸说，跟他们一起吃饭，老爸就掉价了。

　　掉价？老爸您这不是说笑话吗？那个张侃是市里最有名的作家，获得过好多的奖，还经常上电视，他的书出了好几本，都是精装的，销量很好。

　　老爸说你说得没错。他在市里名气是很大，他的书销量很好。但是，你好像忘了一件很重要的事，这个人获的奖全是花钱买来的，他书的销量也是他通过关系花公款买的。老爸问你，你看过他的书没有？当俺回答没有时，老爸又说，没有几个人会读他的书，你知道为什么吗？俺问为什么。老爸重重叹息一声，吐出两个字：垃圾！

　　俺好像也听到过别人的议论，问题是他现在真的很有名，市里把他当作著名作家对待，给他房子给他车子给他票子，还给他数也数不清的荣誉。

俺不说这位作家了，那陈列总是不错吧，是俺市里的政坛明星。陈列干得真的非常出色啊，您想想他负责管理的地区经济超常规发展，城乡面貌一新。这是大家有目共睹的，你说是不是？老爸嘿嘿笑笑，你好像没长记性，他是怎么成为明星的？他是把老百姓的良田全给污染了，把乡村的小河全给染黑了，还把天空中弄得全是粉尘，让人没法呼吸了。这样的人你说是明星？可是，可是，他把经济搞上去了……别可是了，你说老爸跟这样的人一起吃饭，是不是很掉价？

俺不知道如何回答了。那避开陈列吧，就说说张医生，他是市里最有名气的医生，开创性地把本市医学成就提高到了新的高度。目前是国家级学术委员会的主任委员。这样的好医生名医生，您跟他一起吃饭总不会掉价吧。

老爸呵呵地笑笑，这人老爸知道，他还是老爸在中学任课时的学生呢。不过，他读书的时候成绩是最差的，没有一次考试合格过，他考上大学是他老爸走了关系，不对，好像是顶替了另一位考生。这事最后用钱摆平了。对了，他在医学院读书的成绩都是补考后才通过的，毕业论文是抄的别人的。为这事好像打过官司，也是花了很多钱才没事的。哦，还记得一件事，他给病人做很简单的手术竟然让病人终身残疾了。再后来当然是花钱摆平。据老爸了解，他目前还没有完整地做过一例手术，但他有父亲做靠山，便很顺利地当上了医院领导。现在有种说法，只要是领导就有了学术上的一切。你说，老爸怎么能跟这样的人一起吃饭？

俺只好对老爸说，这样好了，这几个朋友俺都不请了，就俺们爷儿俩好好干一杯。老爸冷冷地瞧了俺一眼，不瞒你说，跟你吃饭也掉价啊！俺大惊，忙说老爸老爸，俺是您儿子啊，您怎么能这样说话呢？老爸的眼睛紧紧地盯着俺一字一句地问：你的政绩难道不是靠吹牛吹出来的？俺慌了，连忙辩解，老爸您怎么能这样说呢，俺的成绩都是经过上级部门考核的，是千真万确的！

老爸又冷冷问，难道没有一点水分？俺脸红了，小声地说有一点。多少？老爸严厉地喝问。俺回答的声音更小了，三分之一吧。老爸说，如果只有三分之一的水分，那也不错了。俺说真的只有三分之一啊！老爸从怀里掏出一沓纸狠狠地摔在俺的身上，你自己睁大眼睛好好看看吧，竟然用这种欺下瞒上的手段来获得局长职位！你说，跟你这样的人一起吃饭，老爸是不是很掉价？！

半个月后，俺终于跟老爸一起吃饭了，在一家小饭店里。老爸很开心，老爸跟俺喝了很多很多的酒。老爸还夸俺说，这才是老爸的儿子哩！俺乐呵呵地笑了，笑得很开心、很自在。那一天，是俺主动辞去局长的日子。

逛逛街

这天是周末，老婆阿梅出差，唐宋难得有空闲，便想上街去走走。

唐宋已经很长时间没有独自上街了，差不多有五年时间了吧。唐宋还不是局长的时候，经常陪老婆上街的。成了领导后，天天是开不完的会，忙不完的事。

唐宋最先看到的熟人是老张，正在街头树下打麻将。

老张一见唐宋就忙站起来招呼："领导，你怎么上街来了？"

唐宋笑笑说："想走走。"

老张建议道："怎么样，来搓几把吧。"

唐宋摆摆手："不会。"

老张却说："我都已经学会搓麻将了，你当了领导还不会？"

唐宋如实地说："真的不会，我不喜欢的，这你也知道。"

唐宋和老张原来是同一个单位的，那时候两人都不会打麻将。

老张满脸狐疑地看着唐宋，又如同看珍稀动物似的，"不可能！现在当领导的哪个不是麻将精，你……你不会是看不起我吧？"

唐宋很耐心地解释，很认真地说明，直到老张相信为止。

唐宋离开后，仍远远传来老张的声音："现在还有哪个领导不赌的？领导与下级在一起搓麻将，一来可以联络感情，二来可以名正言顺地接受下属的贿赂。"

唐宋听了心里就发痛，他真的不会打麻将啊，也真的没有接受过下级的贿赂。授受下属财物的领导是个大傻瓜！

唐宋想返回去和老张争辩，但想想还是算了，这种话能说得清楚吗？

唐宋继续往前走，刚好遇到一家新开张的美容院，一位年轻漂亮的小姐甜美地微笑着迎上来，还惊喜地道："领导，是您啊，我在电视上经常看到您，今天怎么有空上街？这样吧，领导，我们刚开张，今天给您免费服务，您看好吗？"

唐宋又摇头，表示："我不美容的。"

小姐还是笑盈盈地说："我们的服务是一流的，领导想要怎样的服务，就会有怎样的服务，绝对不会让您失望的。"

唐宋有些不高兴了，问："难道你们都是这样拉生意的吗？"

小姐依然给唐宋媚笑，娇嗔道："您怎么能这样说我呢？我们开美容院，不正是符合你们领导的要求吗？领导您可以放心大胆地来做想做的事。"

唐宋恼火了，喝道："你再纠缠，我报警了！"

小姐很陌生地看着唐宋，脸蛋儿一下子白了，只好放过唐宋。

唐宋真的想报警，这小姐胆子也实在太大了，竟敢说当领导的都喜欢这种地方，哼！唐宋真的很生气，但唐宋毕竟是领导，忍一忍就过去了。

　　唐宋在街上转悠了半天后，看看时间已经到吃午饭的时候了，便进了一家饭店，要了两个菜一个汤，还要了一瓶啤酒。唐宋吃完后，让服务员来收钱，服务员却把老板叫出来了。

　　老板对唐宋点头哈腰的："领导，真的对不起！刚才没有看到是您来了，请您去包厢再喝一杯好吗？"

　　唐宋说："我已经吃饱了。"便掏出钱来，让老板结账。

　　老板忙把唐宋的手推开了："领导，我怎么能收您的钱呢？您来我这个小店，我感激您都来不及呢！"

　　唐宋没有说话，而是把一张百元钞票放在桌子上，说："我想已经够了吧。"

　　唐宋起身要走，老板只好说："那也用不着这么多，付10块钱就够了。"

　　唐宋看着老板问："真的够了？"

　　老板忙点头表示："够了够了真的够了。"

　　唐宋还是把这张百元钞票放在桌上走了。

　　唐宋回到家，感觉有些累，便躺在沙发上睡着了。醒来时已经到傍晚了，正刚好是市里的新闻联播节目时间，于是打开电视——

　　电视画面上是那个饭店老板在接受记者采访，老板激动地描述着："领导是一个人来的，他吃好饭，一定要把钱给我，还说哪有吃饭不付钱的道理，我……我当时真的好感动好感动，领导不愧是人民的好公仆啊……"

公开提拔

这天，酒足饭饱之后，唐宋红彤彤的脸闪着光芒，忽然一字一句地对办公室陈主任说："我们来一次公开提拔吧，局里还有什么空着的职位？"

陈主任踌躇了一番，汇报说："还缺一个负责供水的副主任职位。"

"好，你通知局里的其他领导，就这么定了。"唐宋那双肥胖又白净的手在空中画了一个弧圈，就下达了公开提拔的指示。

陈主任怔怔地盯着唐宋，还没反应过来："局长，您真的决定了？"

唐宋脸上露出了少有的自信，断然道："实行公开提拔，怎么能拖泥带水呢？！"

三天后，又是饭后。

唐宋酒气冲天地问陈主任："公开提拔的新闻报道上了哪些报？"

陈主任回答："上了行业报、省报，那份国家级报没上。"

"什么？你说什么？！"唐宋的屁股猛地从老板椅上弹起来，怒火在眼睛里腾地燃烧了："你给我听着，最迟后天必须见报！"

"是，是……"陈主任又小心翼翼地说，"局长，有一件事忘了向您汇报。"

"什么事？"唐宋冷冷地问。

陈主任说："省局张局长来电话说，您在人事制度上实行公开提拔的做法，是一种独创，是一件值得发扬光大的事，是应该大力宣传的事。他还说如果事迹还没上国家级报，就先别上。省局将邀请国家级报的资深记者来做专题采访，他届时将陪同前来。"

唐宋的目光紧紧地盯着陈主任的嘴唇，生怕会漏掉一个字似的，本来绷得紧紧的脸也彻底舒展了，眼睛里有了一丝柔情。

几天后，又是饭后，唐宋可能喝多了，醉得身体东倒西歪。唐宋卷着舌头问陈主任："那个公开提拔上来的副主任，工作怎么样？"

陈主任不慌不忙地回答："工作还行，只是……"

唐宋忽然打了个喷嚏，很不耐烦地问："怎么啦？他不高兴？"

"不是。"陈主任忙解释道，"他说当上副主任是凭自己的业绩和职工的信任。"

"他真是这样说的吗？"唐宋口气冷冷地问。陈主任点头称是。

唐宋用他肥胖又干净的手在空中画了一个弧圈，非常果断地说："你现在就打电话给人事处长，让他把那人的职务给免了。"

"这，这……"陈主任一下子摸不着头脑了，"局长，这恐怕不行吧？"

"这有什么不行的！"唐宋的口气异常坚定有力。

陈主任忙用他的巧嘴说："您想啊，省局张局长关注的事，总得给面子吧。"

唐宋突然"哈哈哈"大笑，道："你啊你啊，我说你什么才好呢？张局长所关注的是这件事，而不是具体哪个人。对张局长来说，谁当副主任都是一样的。现在把他给免了，是我责权范围内的事，谁也说不上什么的。"

"万一张局长来过问他任职的情况，那怎么办？"陈主任仍不得要领。

唐宋忽然显得特别宽容，拍拍这位下属的肩膀说："说你傻你就是傻，我随时随地都可以把他再提拔起来的嘛，你懂不懂啊？我的陈大主任。"

陈主任茅塞顿开："局长，我明白了。"

紧接着，一阵又一阵爽快的笑声，传到了很远很远的地方……

研究研究

北京的部长要来视察江城管理局这个文明单位。时间还有三天。

这天早上，分管副县长还没喝一口水，立即指示唐宋："快快研究！"

全局工作人员除了值班的全部来到会议室，副县长清了清喉咙，说："同志们，部长就要来了，这是何等大的喜事，可是，我们不能光顾高兴，必须圆满完成接待部长的任务！"

唐宋当即表示："我们听县长您的，请您做指示吧。"

副县长面带笑容，精神抖擞，说："同志们，部长来了后，肯定会走他自己的路，那么这条路如何走怎么走，我们都必须设计好。设计好了，我们就可以安排相关人员引路，当然，我们所做的不能让部长看出是经过精心设计安排的，让他觉得他踏上我们这块土地后，感到很自然，很亲切，当然也是很热情的。对了，下面就设计走哪一条路的问题进行研究。"

经过三小时深入细致的研究，终于设计了部长所经过路的N种可能。

副县长刚走，县长就到了，县长边往里走边接电话，嘴里不时地说："好的，好的，我一定按您的指示精神办！"县长一放下电话，就沉下了脸，喝道："快快研究！"

全局工作人员除了值班的全部来到会议室，县长虎着脸问："人都齐了吧。"唐宋看了看，回答："齐了。"

县长说："那好，我们现在研究部长喝什么茶的问题。"县长说："部长是北方人，北方人对南方的茶叶肯定非常感兴趣，问题是茶叶品种很多，谁能保证部长喜欢喝龙井茶还是喝我们的江城方茶呢？唐宋你说，你能保证吗？"

唐宋忙摇头说："我哪敢保证啊！"

"就是！"县长落地有声，"我们必须研究并落实好部长喝什么茶的问题，别看这喝茶是一件小事情，万一部长喝了你们端上去的茶，皱了眉头，你们说这对得起大老远来看你们的部长吗？诸位，部长喝什么茶，同样是一件非常大的事情，全局上下必须高度重视。"

经过三小时的探讨研究，终于预备了部长喜欢喝什么茶的N种可能。

县长刚走，书记一脚跨了进来，书记低着头，边接电话，边说："是，是，一定，一定，请您放心，感谢您的关心，好，明天见！"

书记一放下电话，大声喝道："快快研究！"

全局工作人员除了值班的全部来到会议室，书记咳嗽了几下，很有感触地对大家说："刚才，在路上，我的脑子里突然跳出'洗手'两个字，对，洗手，部长到了如果要洗一下手怎么办？请他上洗手间洗，还是用脸盆洗？如果用脸盆洗，用什么样的脸盆洗？对了，还有部长洗好手后，用什么样的毛巾擦手，这可是个大问题！还有，部长洗手时身边要不要有服务员小姐在场？如果要，用怎么样的服务员小姐？这也是一个必须研究决定的事。"

经过三小时的研究，终于安排好了部长洗手的N种可能。

书记刚离开会议室，跟刚从门外进来的人撞了个满怀。

书记惊叫起来："张副市长，您，您来了。"

张副市长的手机响了，一看来电显示，不自觉地"啪"地来了一个立正，毕恭毕敬地说："首长，您好！是，是，是，谢谢您的关怀，我们一定接待好部长，我向您保证！是，我牢牢记住了。"

张副市长一放下电话，虎着脸，大声道："快快研究！"

大家再次落座，张副市长说："刚才，就在刚才，我收到一个内部信息，部长特别喜欢看风趣幽默类的杂志，我已经叫人把新华书店和书摊上所有这类杂志，都通通买下来了。"

张副市长讲到这里，见大家呵呵地笑，就严厉批评道："有什么好笑的？这是一件非常严肃的事！你知道部长喜欢风趣多一点还是幽默多一点？你，你唐宋知道吗？你，你书记知道吗？都不知道吧，还有部长喜欢看选刊版的，还是喜欢看原创版的，你们都知道吗？你们谁也不知道吧？你们，你们给我好好研究研究！啊！"

经过三小时的研究，终于书面形成了部长喜欢风趣幽默的N种可能。

唐宋送走了张副市长，送走了书记，回到办公室，端起茶杯，"咕噜、咕噜"喝下三杯冷水，用袖子抹了一把嘴巴，重重嘘出一口气，有气无力地叹息道："嗨，总算研究好了。"话音刚落，倒在沙发上呼呼睡去了。

唐宋做了一个梦，梦里见到部长了，部长面对一本本风趣幽默类杂志，爱不释手，瞧瞧这本，摸摸那本，显得非常满意，拍拍他的肩头说："好！好！好！"部长翻开杂志，手指着文字，边看边乐，唐宋忽然发现一个个文字都变成了一条条蚂蟥，叮在部长的手背上，正呼哧呼哧地吸着血……

唐宋猛然醒来，喘着大气，大声喝道："快快研究蚂蟥！"

领导有难就是我有难

想当初领导有难时，第一个找的人便是我。那时候考上公务员没多久，又处在热恋之中。领导把我叫到他的办公室，非常直截了当地说：

"小徐啊，想请你帮个忙。"当时一听领导这么对我说话，就信誓旦旦地表示："请您说吧，只要我能做到的！"领导非常平静地说："是这样的，我的表妹怀孕了，可又不能生下来，想请你陪她去趟医院。这个你懂吗？"我当然懂，领导是让我陪他的表妹去医院做人工流产。

老实说，虽然我有些不太愿意，毕竟不是一件好事，但话已经说出口了，没法收回。领导又当场表态："事成后，提你当办公室副主任。"这诱惑力确实也是很大的。

领导的表妹年轻漂亮，面对我一点也不难为情。她很直截了当地说："你很好奇吧，其实也没有什么好奇的，我不是你们领导的表妹，是他的情妹妹。"我想想也是这样的，否则领导不可能请我帮忙的。

我陪领导的表妹去了外市的一家医院。手术结束后，领导的表妹住在了市里的一家饭店里，我特意请饭店厨师给她做一些补身子的饭菜。领导也特意悄悄地过来看望。领导小声地吩咐我说："麻烦你好好照顾她半个月，这期间当你出公差。"我满口应承。

回去上班后，我被任命为办公室副主任，有了独立的办公室，有了坐公车的便利。可是，女朋友却毫不留情地跟我拜拜了。她也不知道从哪里得知的消息，说我陪一个女人去了外市的医院做人工流产，还骂我这人很恶心！我真的是百口难辩，又不能说真话。

一年以后，领导又来找我了。"小徐啊，我是不是把你当成自己的弟兄？"我看着领导点点头。领导问："我是不是对你特别的好？"我使劲地点了点头。领导又问："我对你是不是特别信任？"我使劲地点头的同时，还表示："那当然！"领导说："我想请你跟我的表表妹结婚。"

听了领导这话，我好半天没回过神来。领导说："是这样的，反正也不瞒你了，我那表表妹快要生了，可又不符合生育条件。"

我完全明白领导的意图了，但真的很为难啊！领导仿佛看出了我的难处，便说："待孩子生下来报上户口，你们就离婚，当然，我会好好补偿你的。"

第四辑 最近领导有点烦

121

　　既然领导的话都说到这儿了，我还能怎么样呢？嗨！我同意了领导的意见。就这样，我很闪电般地结了婚，很闪电般地有了一个儿子。领导的表表妹，不，现在是我的老婆了，她对我倒是很好的，对我说了很多感谢的话，还说以后无论如何也要报答我。我表面上说没关系，心里却在说："你还有什么可以报答的？"

　　领导倒是说话算话，把我调到政治处当副主任。这副主任相当于办公室主任，而且是管人事的，有实权的。领导说："你先这样干着吧，有机会再给你动动。"说心里话，我很感激领导，真的，如果不是帮领导的忙，我可能，不，一定还是一个非常普通的办事员，但现在不同了，我出门坐公车，吃饭进饭店，还可以随意签单，不受金额的限制。我有时想想也值啊，有得必有失嘛！

　　待儿子的户口报上后，由于法律规定老婆在哺乳期间不能离婚。等到一年后离婚那天回家取行李时，长大了的儿子竟然叫了我一声"爸"，惊讶得我手忙脚乱，不知所措。我应也不是，不应也不是。好在领导的表表妹在场，她对我说："你快答应啊！"我"嗯"地应了一声，眼睛湿湿地看着儿子，心却很痛。

　　两年后，领导有难来请我帮忙。那时候，我已经被领导提拔为政治处主任了。领导很有心事地说："那儿子怎么也不肯叫我一声爸，你帮我去劝劝吧。"真是的！这忙让我怎么帮啊？领导又情真意切地说："如果帮成了，我想办法说服上面提你当我的副手。"我很坦诚地说："我这就去劝劝看。"

　　领导的儿子一见我竟然非常惊喜地奔跑过来，还快乐地连叫三声："爸！爸！爸！"我连忙接住儿子连忙应道："嗯！嗯！嗯！"看这忙帮的，真是没想到。

当上领导是一件尴尬的事

好像是天上掉下了一个馅饼，忽然间我被任命为单位的处长。要知道这处长可是响当当的副县级待遇，是单位里的中层领导，是有实权的人物。我之所以不厌其烦地解释这么多，真的是因为没想到在我三十岁时就能当上了领导。

我的那些同学啊朋友啊都一下子来祝贺了，请我喝酒请我桑拿请我洗脚请我风景区玩玩看看的都有。当然，这些活动有的参加，有的婉拒。毕竟咱是处长了，得注意影响是吧。可让我最头大的是，朋友们提了好多问题，这很多问题当中归纳起来其实只有三个，而这三个问题却让我非常难回答与不安，或者说我的回答根本不能让朋友同学们满意，甚至还骂我是骗人，是不够朋友的表现，是当了处长后看不起同学的本性暴露。这让我很难受，也很心痛。

第一个问题是：你当上处长是有靠山还是花了钱的？这问题第一次听到时感觉非常好回答，我非常理直气壮地说，没有啊，没有靠山，没有花钱！朋友一听我的回答，鼻子哼了一声，然后说谁信！我连忙补充说，真的啊，你想啊我家在农村，肯定没靠山的，老婆家同样也是。朋友说，这我知道，你没靠山总得花钱吧，一共花了多少？我说真的没花钱，天地良心，我真的没花一分钱。朋友问我难道天上掉下馅饼了？见

第四辑 \ 最近领导有点烦

我无法回答，又断然地说，天上是不会掉下馅饼的！这是千古不变的真理！

我哑然，我无言！我真的不知道如何回答。这第一问题已经让我非常头痛了，而第二问题同样让我非常不安。朋友问我，当处长也有一些时间了吧？我说是的，快半年了。朋友问，有好几个情人了吧？我回答说怎么可能呢。朋友说怎么不可能呢？现在哪个当领导的没有一个两个情人的。我说你也知道我跟老婆的感情非常好，好得恨不得天天黏在一起，头脑里根本不可能有找个情人玩玩的念头。朋友说，你呀真幼稚！一个领导同志有情人，是地位的象征，是成功的标志，你出去连个情人都没有一个，谁还会相信你是领导你是成功人士呢？

我哑然，我无言，我不知道如何反驳。这些话不知道听到有多少次了，只要单独跟朋友一起喝点酒什么的，他们就会这样说我一通，我呢？到了后来真的变得很烦人了。

第三个问题更是直截了当，当过了一个节一个年后，朋友们就问我了，这年过得还好吧？我说好啊。朋友说你当然好啊，进账不要太多哦。我莫名其妙，问，进什么账啊？朋友冷笑一声，这你还不懂啊，别在我们面前装蒜了。我这才非常严肃地问，你如实说吧，我真的不懂。朋友这才说开了，这又不是秘密，过年过节，你手下的人会来看你是吧，跟工作上有关联的老板要来孝敬你一下是吧，这……这你懂了吧？我终于懂了，我非常严肃地回答，处里的人是会来看看我的，人情往来，这是肯定的，至于工作有关系上的老板，一个也没见过。朋友睁大眼睛问：他们没来？我笑笑说，没来！朋友鼻子哼了一声，谁信！我忽然发现要让朋友相信是一件非常困难的事，便什么话都不说了。朋友见我没回答，猛然起身自顾走了。我知道这是对我的抗议！

朋友肯定是要的，同学的情谊肯定也是不能丢掉的。这是老婆的话。老婆说无论怎么样，这些同学朋友跟你相处都十多年了，已经是你生命中的一部分，都不要放弃，也不能放弃，都是你的珍贵财富，至于他们现在的想法，也是很正常的，你就应付应付就是了。我说，这不是能应付了事的，这是原则性很强的问题啊！比如，我说有情人了，甚至带上个情人跟他们去喝酒，就算是假的，你会怎么想怎么看？这是不可能作假的事。我不可能为了应付朋友同学而牺牲做人的原则！

听了我的话后，老婆的眼睛紧紧地盯着我说，如果我愿意你去找个情人呢？我大跌眼镜，很意外，我说，你，你怎么能这样说？老婆忽然眼泪汪汪地说，我跟你们单位里那些处长夫人喝茶聊天时，她们都在问我你有几个情人，你现在连一个情人都没有，好像是我把你管牢了。我老实告诉你吧，如果你以后再连个情人都没有，我就没法跟她们一起玩了。这，这多没面子啊！

呜呼哀哉！面对老婆真的是哭笑不得，我的心却在隐隐作痛。

钻空子

领导说："钻空子就是找弱点，找弱点懂吗？找准了对方的弱点，就往弱点里面狠狠地钻进去，直到你成功。"领导又说："我们每一个人都有弱点，只要你留心观察，都是不难找到的，都可以往里面钻。"领导最后说："我们做生意，最主要的目的，就是要找准对方的弱点，为我所用。"

这是第一天上岗培训，领导来授课的主要内容。我明白了，钻空子就是找弱点，找到了对方的弱点，你的生意就大功告成了。我忽然想：我第一笔生意就跟领导做吧。

有了这个坚定的想法后，我把第一个月的全部收入，买了一份礼物给领导送去。领导非常意外："你哪来的钱买礼物？"我如实回答："今天刚发了工资。"领导叹息说："你呀你呀，让我说你什么好呢？"我嘿嘿笑笑，算是回答。

从那以后，只要手里有点多余的钱，我都会买份礼物去领导家，过年过节一般是不去的，大都是周末去的。有时遇上领导在吃饭，我也会坐下来吃一碗饭，有时还会帮领导夫人把碗给洗了。时间一长，我仿佛是领导家一员了。

领导把我当亲信，工作一转正，就给我弄了一个小职位，于是经常会叫上我，陪他去公干。很多时候，他也不避我，对方送点礼物什么的，也让我帮他提回家，当然，这种礼物有时也会有我的一份，但我都不留的，一起送到领导家。领导有时发现了，会说我："你也有的嘛，拿去吧。"我忙说："我一个人不需要这些，还是留在家里用吧。"这不，我把领导的家当作自己的"家里"了。

做成功了领导的生意后，我正在考虑接下来应该做什么生意时，忽然眼前出现一位年轻漂亮的女孩，这女孩也盯着我看了好一会儿，然后一步一回头地走进小区里去了。我也跟着进去，当跟到领导的楼下时，才忽然想起来：难道这女孩是领导在外地读大学的女儿？

我没有跟上楼去，而是去了商店，买了一份领导夫人喜欢的礼物。带着这份礼物，我敲开了领导的家门，来开门的正是这位年轻漂亮的女孩。

当时，我心里就有数了，我的第二笔生意就是领导的女儿。女孩对我似乎很有好感，对我问这问那的，倒是领导不怎么高兴，经常打断我跟女孩的对话。我知道领导不喜欢我跟他的女儿有过密的接触。但是，这笔生意我一定要做！

领导的女儿大学就要毕业了，想回到本市来工作。领导替她安排了，还替她相好了一个对象。这对象是市领导的公子。我明白了，领导跟市领导也做了一笔生意，那就是用他的女儿来换他的前程。领导的生意当然是大生意了。但这生意绝对不能做成，如果做成了，我的生意就黄了。我想起了领导以前跟我说过的话："我们每一个人都有弱点的，只要你留心观察，是不难找到的。"

我就开始寻找女孩的弱点，女孩的弱点就是喜欢浪漫，喜欢书里那种爱情故事，我就时常演给她看，直到有一天，女孩眼泪汪汪地对我说："我爱上你了，我们私奔吧。"我说："那不行，我们应该光明正大才行！"女孩担忧地说："我们可能吗？我爸会打死我的。"我安慰她说："只要你有这份心，我会有办法的。"

我又想到了做生意，是的，人与人之间其实每时每刻都在做生意。这次生意的对象又是领导。我跪倒在领导的面前，非常诚恳地说："我爱上了晶晶，晶晶也爱我，我求你别让晶晶嫁给她不喜欢的人。"领导很吃惊："你，你，你在说什么呀？"我再重复了一遍，领导狠狠地甩了我一记耳光，恶狠狠地怒斥我："你这个没良心的家伙，竟然想娶我女儿？门都没有！你去死吧！"

我当然不会去死的，我知道为做成生意有时可以不择手段。我心平气和地对领导说："我知道不配做你的女婿，但是，如果你不答应的话，说不定你的仕途也会发生意外，你说是不是？"是的，我暗暗地威胁他了。

让我没想到的是，第二天领导同意了，而且让我们赶快结婚。就在结婚那天晚上，领导，不，我的岳父大人被双规了。岳父被双规后的第二天，我被停职检查。在停职检查期间，我忽然醒悟了岳父曾经嘱咐过我的一句话："钻空子时特别要注意，千万不要让钻子在空子里拔不出来，否则，你就会被钉死在空子里。"可惜已经晚了。

正因为……

吴局长晚上酒足饭饱哼着小调回到家。

夫人却冷冷地道："听说你们局里刚开了党组会，胡作为要提副局长了。"

吴局长呵呵笑笑道："有啊！已经报上级党委审批了。"

夫人却责怪道："你是当局长当糊涂了是吧！胡作为是吃喝嫖赌抽五毒俱全，除会溜须拍马外什么都不会，你提这样的人给你当副手有什么用？"

吴局长仍笑着道："你真是妇人之见！"

夫人听了这话很不高兴，吴局长连忙很认真地解释说："正因为胡作为吃喝嫖赌抽五毒俱全，我随时随地可以找个理由废了他！正因为胡作为什么事都不会做能力全无，我坐在局长位子上才可以高枕无忧！也正因为胡作为除会溜须拍马外什么都不会，我无论在何时都可以一棍把'狗'打死……"

"你……"

夫人望着和她共同生活了三年的丈夫，似乎什么都明白了，于是什么话都没再说就去睡觉了。

翌日，吴局长醒来时，夫人已经起床了，发现在床头柜上压着一张纸条。

吴局长懒洋洋地坐起来，拿过纸条一看顿时让他看得浑身冒汗，纸条上写着：

"正因为你没有一点为老百姓办实事的工作能力，我坐在局长夫人的位子上脸面全无！正因为你除会向上级领导溜须拍马外什么都不会，我随时随地找个理由可以离开你！也正因为你吃喝嫖赌抽五毒俱全，我无论在何时何地都可以把你赶出家门！我已经决定和你离婚！！"

两点一秒的奥秘

晚饭后，陈副县长和夫人一起看电视，陈副县长手里还拿着一只跑表。

本县新闻联播的头条新闻是全县农业办公会议，会上陈副县长的讲话很有真知灼见。陈副县长看着电视上的自己，很满意地点点头，夫人在一边还不时地夸他几句，说他的讲话很有感染力。

当电视上陈副县长的讲话结束后，陈副县长看着手里的跑表读数，脸色突然阴了，愤愤地骂道："这个小郑，我给他说过了，怎么还这样不懂事，非让他下课不可！"

夫人见陈副县长动了肝火，问："有什么事，值得你发这么大的火？"

原来小郑是电视台的摄影记者，现在电视台搞采编合一，他上午录下了全县农业办公会议的镜头，以最快的速度编辑好画面和文字稿，将录像带送到陈副县长办公室。陈副县长看了三遍后，说："小郑啊，我们做每一件事都可以精益求精的，你能做到这一点吗？"小郑连忙表示："我一定把它修改好，请县长放心。"

夫人安慰陈副县长："我看已经拍得很不错了，特写镜头也拍得很完美。"

陈副县长却指着跑表冷冷地说："你知道吗？张副县长参加全县工业会议的新闻报道，他的特写镜头比我的特写镜头多了整整两点一秒钟。"

夫人替小郑辩解说："这有什么呀，谁多几秒钟，谁少几秒钟，这都是很正常的嘛，你更用不着这样动肝火啊。"

陈副县长怒不可遏地喝道："你真是妇人之见！谁在电视上特写镜头多几秒钟，谁又少几秒钟，这关系到这个人在领导中的排名，你懂吗？"

带病开会

赵副县长大清早拉肚子了，上吐下泻，已经拉过五六次了，拉得整个人都虚脱了，脸上没有一点血色。

夫人很着急，要送赵副县长去医院。赵副县长却不肯去看病，说要去开会。

"今天的会很重要，县里五大班子的领导都要参加，我身为副县长怎么能不参加呢？"赵副县长说这话时显得精神了许多，眼睛里也放出光来了。

夫人心疼地说："老赵啊，你现在病成这个样子，还参加得了这个会吗？"

赵副县长不悦道："怎么不能啊？"

夫人道："你坐不了5分钟就要上厕所了。"

赵副县长道："我先吃点药吧，会下来后再去医院挂点滴。"

夫人更心疼了："你开会下来后去得了医院吗？还得陪上级领导吃饭喝酒，老赵，这万万不行的，你要没命的啊！"

赵副县长见夫人不听他的话，终于发火了："你真是个没长头脑的女人！现在连老百姓都锻炼出政治嗅觉了。谁谁少上了两回电视，是不是遭贬了？是不是出事了？你懂不懂啊？！"

听这么一说，夫人顿时明白了，但她的眼泪也跟着掉下来了。

于是，夫人找来两片泻痢停，让赵副县长服下，然后给他穿好衣服；于是让司机搀扶着赵副县长上了车；于是全县百姓在晚上的电视新闻里看到了眉头紧锁的赵副县长……

新鸿门宴

副领导唐宋和宋河联手对付正领导。正领导被迫调往其他单位任职。

单位没有了正领导，唐宋和宋河商量着处理单位里的事务。这一天，唐宋在市里最好的白天鹅饭店单独请宋河吃饭。当然是在最豪华的包厢里。

菜还没有上来前，唐宋非常感叹地回忆道："你还记得吗？我们是同一天报到的，那时候我们真年轻，整整15年了，日子过得真快啊！"

唐宋说到这里瞧了一眼宋河又说："还记得吧，我们还同时喜欢上了阿美，可她竟然喜欢那个要文凭没文凭要相貌没相貌的阿华，弄得我们伤心了好长时间，你说对吧？"

宋河虽然面带笑容地看着唐宋说话，心里却在想："你这是叙旧，如同刘邦赴鸿门宴时对项羽说的那番话，接下来你肯定要奉承我了。"

果然，唐宋由衷地说："到今天我才发现你的能力完全在我之上，比如这次我们联手对付正领导，如果不是你足智多谋，恐怕我们的位子都保不住了。"

宋河嘴里说："哪里，哪里，如果不是你稳重如山，我再多的智谋也没用！"心里却在这样想："唐宋呀唐宋，我不是当年的糊涂虫项羽，听了刘邦的几句吹捧话，就分不清东南西北了，就愧疚，就下不了狠心。我是有政治头脑的。现在我们的关系变了，不是以前的盟友，现在我们是对手，是争夺正领导位子的死对头。虽然我们不可能像刘邦跟项羽那样，为了争王杀得天昏地暗，你死我活，但我们不可能回到从前了。正领导的位子，不是属于你，就是我的。我们谁也用不着客气了。"

自从这顿饭以后，宋河对唐宋的态度完全变了，单位里一些工作安排，他不跟唐宋商量就擅自决定了。唐宋有时会说上宋河几句，宋河当作耳边风，吹过了就照样我行我素，弄得唐宋一点办法都没有。

一天，唐宋径直走进宋河的办公室，直截了当地说："我以前说过的，你的能力在我以上，我不会来跟你争夺正领导位子的，同样，为了单位里的工作着想，我等会儿就去组织部，请他们赶快任命你。"

唐宋说完这番话，就转身就离开了。宋河非常尴尬，面红耳赤。

当天，唐宋果真去了组织部，果真推荐宋河当正领导职务。这些话是组织部副部长来任命宋河时私下里说的。副部长说："你呀要好好地善待唐宋，如果不是他竭力推荐你，替你说了很多好话，组织上还得对你们两人考察一段时间。"

宋河非常内疚，对唐宋真的又很好了，工作上很多事情，只要唐宋不同意，他就不做；凡是唐宋同意的事，他都积极去落实。这并不是说他没有原则，没有了头脑。其实唐宋同意的事都是大家认可的，都是应该这样做的。他有时甚至觉得唐宋是他的恩人。

一年以后，原来的正领导突然升任副市长，当上副市长的第一件事，就是敦促组织部门把宋河给撤了，同时还竭力推举唐宋当上了正领导。

很多人都替宋河叫屈，也为唐宋能当上正领导感到不得其解，毕竟他们都是赶走原正领导——现任副市长的人啊！

老婆也不解，问唐宋原委。

唐宋意味深长地说："你想啊我和宋河赶走了正领导，正领导能死心吗？他肯定要反扑的，而谁当上正领导，就是他反扑的对象。所以，我特意让贤给宋河。现在副市长把我弄到正领导的位子上，却又得到了别人的尊重。"

老婆恍然大悟："哦，原来你是与时俱进的刘邦，真厉害！"

香烟的悲喜剧

这些天，程胜心里烦烦的、痒痒的，想解释又不好解释，问题是这件事实在是太小了，小得连件事情都排不上号。

妻嘲笑他："你这是活该！"

程胜想想是活该啊，谁要他递香烟给处长抽了。那天，他去处长办公室送材料，处长在看报，便递给处长一支中华牌香烟。处长抽了没两口就把烟碾灭了。"小程，你这烟是假的。"

"啊？"程胜连忙道歉，"处长，真是对不起，真是对不起！"

处长宽容地笑笑说："这有什么对得起对不起的，香烟又不是你生产的。"

处长说着从口袋里摸出一包中华牌香烟，抽出两支，递给程胜一支，给自己叼一支，点燃后有滋有味地抽起来。

为弥补昨天的过失，程胜特意去市烟草专卖店买了一包中华牌香烟，借给处长送材料时，又递给他一支香烟。谁知处长还是和昨天一样没抽两口，就把烟碾灭了。

"小程，你这烟是哪买的？是假的。"

"啊，怎么会是假的呢？我刚刚从市烟草专卖店买的啊。"程胜脸红红的想解释却开不了口。

处长见他不语，便关心道："小程，你说老实话，是不是刚结婚经济上有困难，就买一些牌子硬的假烟来抽？"

"不不不……"程胜忙否认。

"不是最好，否则影响多不好，也太那个了，你说是不是？"

处长的这番话，弄得程胜在白天上班也神经兮兮的，好像有无数双眼睛在盯着他似的，身后也仿佛感到有人在嘀嘀咕咕："他啊就是买假烟充好烟抽的人，多没面子！"甚至在梦里也有人在讥笑他："这个程胜太虚假了，连香烟都要买假的，抽不起就别抽嘛，赶什么时髦？真是丢人现眼……"

没多少天，程胜那胖乎乎的脸庞便瘦成猴似的了，整天魂不守舍的。妻见状心疼得不得了，便要过那两包香烟，道："你也真是的，这么一点小事，弄成这副样子，我托熟人去鉴定一下就是了。"

结果，市烟草专卖局说香烟是绝对正宗的，绝对不会是假的！

"那处长为何两次都说是假的呢？"

妻糊涂了，程胜更糊涂了。不过答案似乎还是有了。

过了两天，程胜的舅舅来单位看他，程胜这才知道舅舅是本市市长的同窗好友。舅舅回去后，处长特意来找程胜聊天。程胜无意中从抽屉里摸出原来的那包烟，递给处长一支，处长点燃抽了两口，慢慢地吐出烟雾，又很感慨地对程胜说："现在很难抽到像这样正宗的中华牌香烟了，你这烟哪买的？"

程胜看着处长不知道该如何回答才好……

老谋深算

陈民当上县长后心里总觉得有根针在刺他，经常弄得他睡不着觉。他知道这根针就是他从小一起长大的好朋友李刚。李刚现在是县中学的数学老师。

陈县长有一天突然去李刚的学校看他，那时李刚正上完数学课回来，见陈民正在他的办公室里，陪陈民的还有局长和校长。李刚忙上前去想叫"陈民"，还想给他当胸一拳，但话到了嘴边又咽回去了，结果什么都没有叫，更没有给陈民当胸一拳，就和陈民握手了。

陈民见到李刚的一瞬间，也想叫"李刚"两字，还像以前一样来个当胸一拳，但结果还是没有叫出来声，更不用说那当胸一拳，就和李刚握住手了。

陈民知道他现在已经没有一点自己的空间了，这不，县电视台的记者正在拍着呢。其实，陈民心里十分清楚，他是来看李刚的，而不是来检查什么工作的。当时，他来学校时并没有告诉任何人，但当他到了学校时，迎接他的人就有教育局长、校长，他们的行动真快，还有电视台的记者。

陈民离开学校时，也没有和李刚能单独说上一句话，弄得陈民心里很不开心，但面对着电视摄像镜头和下属，他想想也只好如此，等待下次机会了。

过了半个月，李刚被任命为学校的副校长，再过了半年，又被任命为教育局的副局长。

李刚做了官，却没有上陈民的家门说过一个谢字。为这，陈民的妻子阿红有些不开心："你也够朋友了，让李刚做了局长，但他竟看都不来看你一眼。"

陈民宽慰地说："这不能怪他的，谁让我是县长哩，别人以为他又来向我跑官了，他也有难处啊！"阿红若有所悟地点点头，"嗨！想当初，你和他多铁啊！"

时间过得飞快，又是一年过去了，李刚却犯事了，他接受了书商的贿赂，把一些劣质教科书强行推销给中小学校学生使用，被人告发了。李刚让他的妻子去求陈民，请陈民帮他，说放出来做牛做马侍候他！

陈民果然帮了李刚，而且由书商出面化解了这件事。

李刚当晚来到陈民的家，感激涕零地跪在陈民的面前，陈民却一句话都没有说，让李刚足足跪了一个时辰，还是陈民的妻子阿红实在看不过去了，强拉着李刚起来的，李刚哭天抹泪地道："陈民，不，陈县长，我这辈子就是你给的，我一定不会让你失望的！"

说着，李刚就抹着泪告辞了。

阿红等李刚回去后，就对陈民说："你呀真是铁心肠，他可是和你一起长大的朋友啊！怎么能这样对待他呢？"

陈民却冷若冰霜地道："你懂什么？还是看你的电视去吧，我还有事要处理。"

说着话，陈民就到了书房，掩上门，坐在书桌前，用手机拨打了一个电话号码，"喂，是张老板吗？我是陈民，谢谢你帮我搞定了，你所托之事，我也一定会给你办好的。"

陈民挂了电话，心里扬扬得意地道："李刚，你怎么也不会想到吧，提拔你，再让你翻船，又保你出来，谁叫你对我以前的一切都一清二楚呢。这下子你无论如何也不敢说出对我不利的话了……"

有一件事让陈民最担心，15岁时与李刚在一个中学读书，曾偷看过女同学洗澡，这事唯有李刚知道。

寻找差错

苑阆镇公安分局的郑局长这些天来很苦闷，他怎么也找不到差错，找不到差错就意味着在"为民纠错办实事"的活动中，不能为民办一件实事，办不成一件实事，市局就不能给苑阆镇分局任何荣誉，这就意味着郑局长得在分局长位置上再待下去。郑局长想想真的好痛憾啊！

不过，好在办公室的小李信息灵，这天，他终于从乡下父母亲那里得到了一条消息：20年前坪西村的村民王娟娟嫁给坪东村小学老师张宝，可是今年初坪东村要给40岁以上的村民办理养老金时，王娟娟因是非农户口而不能办理。但问题是王娟娟是农业户口，没有享受过非农户口那待遇。早些年非农户口是有这或那的票据的。王娟娟就向有关部门投诉，结果一直不明。

郑局长一听当即拍板："你现在跟着我去查实，我们先从坪西派出所查起，我们非找出原因来不可！"

郑局长亲自开着车前往坪西派出所。

郑局长和坪西派出所的全体同志一起翻阅了20年来的所有户口档案，从下午2点一直查到晚上10点，终于在最后一本档案里查到了。王娟娟，女，23岁，农业户口，1983年8月26日，户口迁移到坪东村，丈夫是张宝，村小公办教师。

当晚郑局长在坪西派出所大醉而归。

第二天一大早，郑局长有些头晕，看来酒还没有醒来，便让小李开车去坪东派出所。郑局长一到坪东派出所，全体干警列队向他致敬！要知道郑局长是从坪东派出所走上苑阆镇分局局长领导岗位的。这是他的娘家嘛！他在坪东派出所做过秘书、人事，还替生小孩的小张代管过三个月的户口。这些都是好多年前的事了。

娘家人毕竟是娘家人，郑局长也没有像在坪西派出所那样认真严肃了。由于秋老虎还虎视眈眈着，郑局长讲完话就进了所长室的空调房，查找的事就让小李他们去做。

郑局长便和所长两人下军棋。这可是他的爱好。原来全所的干警没有一个是他的对手，可惜到了分局以后，就不好再下棋了。那里的人际关系太复杂，弄不好会捅到上面去。

棋赢过了，酒瘾就上来了。

当晚又喝到下半月爬上东山，天已经到后半夜了。

郑局长醉眼惺忪地问小李："今天查找得怎么样？"

小李说："坪东派出所没有王娟娟的农业户口记录，只有她的非农档案。"

郑局长一听酒醒了一大半，当场发火了："怎么可能呢？王娟娟是农业户口这是铁定的事实，你们再给我找！就是到了天亮也一定要找出原因来！"

天亮了，原因还是没有找出来。

不过，结论基本上还是有了，很有可能是15年前坪西和坪东区域重新划分时，档案在转移过程中丢失了，于是跟着丈夫户口成了非农户口。

于是乎郑局长非常严肃地说："这是一件影响王娟娟同志下辈子的大事，我们一定要帮她解决好。为民办实事，不能只停留在口头上，错了，就一定要纠正！"

有了郑局长的表态，事情几乎很好办了。坪西和坪东两个派出所抽调精干力量，走访了有关王娟娟的邻居朋友乡亲，都证实了王娟娟是农业户口这一事实。

于是在一个阳光灿烂的上午，在苑阆镇公安分局的大院里，在市局长领导的见证下，在电视摄影机的镜头下，举行了一场别开生面的发证仪式，郑局长把一本农业户口本，十分庄重地交到了王娟娟的手里……

王娟娟激动得满面是泪地说："谢谢局长！谢谢！谢谢……"

郑局长终于上调市局当副局长了，他在整理抽屉时，发现有一只黄黄的档案袋，那是好多年前印制的那种，样子和现在的差不多。他好奇地伸进手去把里面的东西取出来，当中有几封信，一些信纸什么的，还有一张东西，却让郑局长惊讶得睁大了眼睛——

那是王娟娟的农业户口迁移证明……

那该死的耳聋

明天就要对局长进行民主考评了，谁知局长今天来上班时身上却多了一样东西——一副助听器，他的耳朵聋了。虽然局长听不到声音，但并不影响他的工作。局里的工作人员向他汇报和请示工作，都改用了笔谈的方式。

这事却搞得赵副局长心里很复杂，当晚就叫来他的铁杆兄弟办公室李副主任。李副主任一进门就乐呵呵地对赵副局长说："大哥，你这下可以放心了，我都安排好了，明天他在民主考评中是绝对不会超过半数的！"

事情是这样的，按照领导干部考核规定，领导干部任期内在本单位进行民主考评时，如果满意票达不到半数，这位领导就要调离工作岗位进行学习，再看情况重新安排工作。赵副局长就是想通过这次民主考评千载难逢的好机会，把局长拉下马，由他来主政。

听了李副主任的话，赵副局长没有半点儿高兴，他忧心忡忡地说："你啊真是个木瓜脑袋，你想过没有，说不定这是他的阴谋呢！"

"你是说是假装的？"李副主任睁大着眼睛感到很惊讶。

"对！绝对有可能！"赵副局长很肯定地说，"你想想看，他早不耳聋晚不耳聋，偏偏在这个时候耳聋了！你以为他是等闲之辈啊！"

李副主任恍然大悟，然后小心翼翼地问："大哥，那你说，我们该怎么办？总不能让我们的人投他满意票吧！"

"那当然不是的！"赵副局长心清楚，他好不容易把局里大部分人争取过来了，还对他们许下了愿——一旦主政，给大家好处。但问题是这不是闹着玩的，如果局长的耳聋是故意为之来试探他的话，那弄不好自己的副局长位置都要给弄丢的。

赵副局长和他的铁杆兄弟办公室李副主任商讨了一个晚上，终于很有计谋地想出了一个办法：视局长耳聋的事当作什么都没有发生过，明天投票时，对那些自己人只说一切照旧，但他们两人都投废票。

赵副局长是这样解释这个计谋的："这样，一是投他满意的票也肯定超过不了半数，因为大部分人已经争取过来了，二是即便发生了意外，你我也不会被人发现了，免得到时被他宰割，你说是不是？"

李副主任更是对赵副局长佩服得五体投地。

第二天投票后，赵副局长想通过内部关系了解投票的结果，由于上面还没有开箱计票，只好等晚上让李副主任去打听了。然而，晚上李副主任垂头丧气地来向他汇报的结果，是赵副局长万万没有想到的啊——

"大哥，投票结果显示，有好多人和我们一样投的都是废票，真可惜啊！如果我和你投不满意票的话，那他今天就过不了这个关了，你知道吗？正好是两票之差啊！还有他真的是耳聋了，我已经去医院通过关系看过他的病历了，千真万确！"

最近领导有点烦

这几天领导有点烦，烦什么？烦他决定要提拔的张炜。前些天他已经把这个想法告诉县组织部的郑部长了。但问题是自昨天一早开始就有些烦张炜了。

昨天刚上班，和往常一样，先是看报看信。这天有他的几封信，都是一些协作单位的邀请信，他看一眼就会放在文件框里，等会秘书会来处理的。但其中有一封信却让他很不开心，那就是张炜的信夹在了他的信堆里面，更让他不高兴的，张炜的名字后面竟然大模大样地署着"张炜局长收"。这任命还没有下来，竟然叫局长了！

张炜是他一手提拔起来的，让他做局长也是他的心愿，但现在你张炜还不是局长，你不能这样让别人叫你啊！你这样一来，让我的脸面往哪搁？我还有半年时间才退下来嘛！领导心里非常怨恨地想。

更要命的是，有一个邻市的电话打进来，问都没有问，就这样说开了："你是张局长吗？我是李山啊，你当局长也不告诉我一下，真是的，弄得我查了半天电话号码才找到你，怎么样，晚上还是去江东娱乐城？！好了，不多说了，领导来了。"

说着，就挂了。领导真的是恨之入骨，整整有一个钟头没有回过气来。但转眼一想这可能是单位里那些不服气的人故意捣蛋吧。于是他打电话给张炜："张炜，我问你一下，你在邻市有朋友叫李山的吗？"

张炜忙回答："有的，怎么了？局长，你有事吗？"

领导没有回答就重重地压下了电话。领导明白了，没有错，这张炜也太嚣张了。你要知道现在任命还没有到，做什么都来得及。于是，他去找书记，"为了让张炜更好地把握全局，我想让他去基层锻炼半年，你看如何？"书记当然没有意见，说："张炜这人不错，是应该让他有个全局眼光的时候了。"于是，张炜就到基层锻炼搞专业去了。

张炜去了基层后，这当中还有很多电话是来找张炜的，信也不少。这样一来，更坚定了领导的最后决定，于是领导就着手培养新的接班人，便去找了县委组织部郑部长。郑部长一听他的想法，却怎么也不同意。领导很不高兴，但又不能发作。

郑部长最后只好说："其实，张炜已经来找过我好多次了，说不要把他当作局长候选人，他还是想搞专业，很希望自己的专业知识得到发挥。你知道这事吗？"

领导很不解地回答："不知道！"

郑部长便交给领导一封信："这是张炜让我交给你的。他说不好意思找你，说是怕辜负了你的一片期望。"

领导当即看了张炜的信，越看心里越难受："你张炜凭什么不要做这个局长啊？我好心好意又花了这么大的精力把你一点点提起来，现在你说不干就不干了啊？没门！"

领导气鼓鼓地回到了自己的办公室，越想越觉得这事应该抓紧办，于是决出了一个破天荒的决定，提前退居二线。

半个月后，领导被宣布为副处级调研员，张炜出任局长。

张炜双手抓住领导的手，红着脸，热泪盈眶，欲说无语。

是夜，领导很有自豪感地对夫人说："我终于做了一件震惊全县的事，我要让大家知道，你张炜是我让位给你的，你这辈子也得感谢我，我要牢牢把你抓在手里！"

是夜，张炜搂着情人兴奋不已地道："这老家伙终于被我的计谋提前弄出局了！"

晚上开会

毛局长当局长前不喜欢开会。但自从坐上市卫生局局长的位子后不久，就喜欢上了开会。无论是局里的会还是所属单位的会，他都要求通通地放在晚上开，而且是每会必到。

这天晚上是三院全体职工开会，进行警示教育。到医院时，迎接毛局长的是一阵阵热烈的掌声。毛局长摆摆手，语气十分严肃地说："接受警示教育，是我们每个医护工作者的必修课，是我们卫生系统反腐倡廉的重要举措，也是发扬救死扶伤精神的唯一途径。局党组希望大家从我做起从现在做起，坚决拒绝红包，全心全意地为病人服务。"

毛局长清了清喉咙又接着说："我想许多同志都看到了有关《滴血红包》的报道。病人急需动手术，而主刀医生竟大肆索取红包，以致失去了抢救病人的良机而不幸死亡。这是犯罪啊，同志们！"

毛局长的话字字句句在会场上荡漾着正气，而回报他的是经久不断的掌声……

毛局长回到家已是11点了。妻还没睡，悄声地对他说："今晚有三个来送红包的，一个是局办的余副主任，一个是一院的陈副院长，还有一个是五院的陈副书记，他们提拔的事……"

"够了够了，你别再说了。"

毛局长突然很不耐烦地打断了妻子的话，妻先是怔呆了，继而委屈地叫嚷道："不是你说的嘛，晚上你出门去开会，让我来收礼，免得你在场尴尬。现在倒好，你竟责怪起我来了！"

"你，你……"

毛局长的喉咙里如同鲠着鱼刺似的说不出话来——

拾到一只公文包

问题似乎很简单，今天早上张小明去歌舞厅找人，在包厢里面拾到了一只公文包，当时张小明连包里的东西看都没看一眼，就交给了歌舞厅老板。但问题又似乎很复杂，这只公文包的主人是赵副县长。今天下午就有好几个人来盘问张小明了。

最先来问张小明的是歌舞厅老板。那时张小明刚上班不久。他先给张小明一支大中华香烟，给张小明点上，然后笑容可掬地问张小明："张先生，是这样的。今天早上你不是拾到一只公文包吗？老实对你说吧，这只包是赵副县长的。"

张小明终于恍然大悟了，他做了一件好事，而且是给县长做的。张小明脸上顿时就红了，便轻声地说："不用谢的，不用谢的！"

歌舞厅老板却对张小明说："要谢要谢的。张先生，这是赵县长让我转交给你的，他说谢谢你！"

歌舞厅老板说着就递给张小明一条大中华香烟。

张小明见状忙忙摆手，说："不要不要，我怎么好要赵县长的礼物。"

说实话张小明真的没有想到这包是赵副县长的，而且更没想到赵副县长会用这么重的礼来谢张小明！

但歌舞厅老板硬是将香烟塞进了张小明的怀里。张小明想想既然如此客气，就收了吧，想必赵副县长的包里有非常贵重的物品！

歌舞厅老板见张小明收下了礼，便问张小明："张先生，你拾到公文包后，没有打开看一下吗？"

张小明十分坚定地回答："没有！"

歌舞厅老板仍不放心："是真的吗？"

"是的，我可以对天发誓！"张小明必须这样说，张小明想公文包里肯定有很重要又秘密的文件，否则不会这样问我的。

歌舞厅老板听张小明这么说，就不再问了。

就在歌舞厅老板回去后半小时，一位干部模样的人又来找张小明了。

他先是冷漠地看了张小明一眼，然后问张小明："你早上去过玫瑰歌舞厅？"

张小明说："是啊！"

"那包是你拾的？"

"是的。"

"你没有打开来看？"

"是的。"

"你真的没有打开来？！"

"对啊，我绝对没有！！"

干部模样的人这才向张小明介绍说自己是赵副县长的秘书。

张小明当时有点紧张了，但不知道张小明拾了赵副县长的公文包是祸还是福。于是张小明补充地说了一句话。

"我看到公文包时是在沙发上，和几只沙发垫混杂在一起。哦，对了，包上有口红印，我当时把它擦了。"

干部模样的人却"哦"了一声就再也没有问张小明了。

送走干部模样的人后，张小明的心就开始不安宁了："这到底是怎么回事啊？很简单的事，用得着这样子吗？难道泄露了国家秘密？"

正这样想着时，一位公安人员坐在了张小明的面前。他的表情相当的严肃。

"那包是你拾的？"

"是。"

"你真的没打开过？"

"是。"

"你拾包的事没对别人说过？"

"没有说过。哦，不，我对歌舞厅老板和赵副县长的秘书说过，是他们来问的。"

"这没关系。我再问你一次，你真的拾到包后就立即交给歌舞厅老板了？"

"是的。"我非常坚定地回答。

公安人员就不再问张小明了，但临走时却说了一句让张小明诚惶诚恐的话："你下班后好好想一想，还有什么细节忘掉了没说，明天早上我再来问你。"

晚上，张小明回到家，饭也没吃，就躲进了卧室，躺在床上胡思乱想。

妻很着急，问这问那的，张小明就是不说，妻只好抓起电话要叫做医生的同学来给张小明看病。张小明不让妻打电话，妻便心痛地哭了。

到了此时，张小明不得不说了。妻听完后却"哈哈"地笑了。

真是气不打一处来，张小明恨恨地对妻道："你……你想过我的感受没有？还笑？！"

妻这才打住了笑，然后对张小明如是说了一番话，让张小明明天用这番话去对公安人员说。

张小明说："这行吗？这不是骗人嘛！"

妻却振振有词道："什么骗人不骗人的，你不这样说就别想脱身！"

张小明想想只好如此了。于是起床吃饭。

第二天，当那位公安人员问张小明想起了什么没有时，张小明便说："首先要申明一点，是你让我说我才不得不说的。"

当得到肯定的回答后，张小明便这样说——

"我看到的公文包是在沙发上，和几只沙发垫混杂在一起。包上有口红印，我当时把它擦了。我觉得好奇便打开看了，发现里面有厚厚的一沓钱，我数了数有一万块。另外还有三只爱你牌的避孕套，再还有四张很漂亮的女孩的照片，哦！对了，照片后面还写着手机号码。后来我把它交给歌舞厅老板了，但我没有说我打开看过了的话。"

当张小明说完这番话后，这位公安人员只说了一句请张小明务必保密的话，就匆匆地走了。

妻在那晚曾这样肯定地说："凡是去歌舞厅玩的领导的包里，除了这些东西，难道还有其他的吗？！"

张小明担心还会有人再来找他，但一个月过去了，竟相安无事。

不久，赵副县长被有关部门"双规"了，据说起因就是这只公文包。